富山県のおほみうたのいしぶみ

西川泰彦

展転社

はじめに

日本は神々の国であります。その神々の大きな御恩は普段は殊更自覚する訳ではありませんが、鎮守のお宮や崇敬する神社への日常のおまゐりを始め、色々な御祭や初詣など、その時その時の参拝の折には理屈抜きに「尊く、有難い」と云ふ思ひを抱くのであります。

　我が国に現存する最古の歴史書が、第四十代天武天皇の勅命により編纂《へんさん》が始められた「古事記」であります。その「古事記」に依りますと「天地《あめつち》の初発《はじめ》の時に高天原《たかまのはら》に成《な》りませる神の名《みな》は天之御中主神《あめのみなかぬしのかみ》」であります。《(ここで言ふ)「なりませる」とは、無かつた物の生《な》り出《いづ》るを云ふ――人の産生《うまるる》を云ふも是なり――神の成りますと云《いふ》は其の意なり》(本居宣長)、そして、天地初発のごく早い時期に成られた神々五柱を別天神《ことあまつかみ》と申します。その次には神世《かみよ》七代《ななよ》の神々が成られ、その三代目の神から夫婦の神となり、神世七代の七代目が伊邪那岐《いざなぎ》伊《い》邪那美《ざなみ》二柱の夫婦神であります。この伊邪那岐伊邪那美二柱の神が御合《みあ》ひまして日本の国土や神々を産み給うたのであります。それから我が日本の歴史は尽きせぬ大河を成して脈々と続いてをります。この、伊邪那岐伊邪那美二柱の神が御合《みあ》ひまして日本の国土や神々を産み給うたその神代以来《このかた》、脈々と続いてゐると云ふ事を自覚するのは実に大切なことであります。遠い遠い遥かなる昔々の御先祖様は誰かの手に依つて〝造られた〟のではありません。神々が御合はれることにより産んで頂いたのであります。でありますから紙に書かれた記録には表れない、謂はば十月十日《とつきとをか》の胎内のやうな時に匹敵する歴史の時間があつた筈であり、正に神代より今に至る迄切れ目はないのであります。そして今生きてゐる我々はその子孫にほかなりません。

　皇統連綿《くわうとうれんめん》（皇室の御血統は絶える事無く、長く長く続き）今年は、初代神武天皇以来皇紀二千六百八十年、私はこの万世一系《ばんせいいっけい》（よろづよひとすぢ）の尊い国柄を仰ぎつつ、新しき令和の御代に改めて、宏く大きく限りない、天皇の御恩を戴き奉る縁《よすが》の一つとして、富山県内に建立されてゐる、第百二十六代今上天皇を始め、明治、大正、昭和の天皇、そして平成の御代をしろしめし給うた上皇陛下と、五代に亙《わた》る御製・御製詩を謹刻した御碑、三十一基に就いて学浅く、才菲《うす》きを恐れつつ、その解説の禿筆《とくひつ》を呵《か》しました。題して『富山県のおほみうたのいしぶみ』。世の人々の御一読を賜らば幸甚であります。

凡　例

一、御製の漢字、仮名の遣ひ分けは、原則として当該御碑に彫られてゐる用字に従つた。但し、草仮名は平仮名に直した。また、漢字、仮名の遣ひ分けや語句そのものに異同の見られる御製に就いては、分る限りにおいて「特記事項」に記しておいた。なほ、碑には振り仮名は付されてゐないが、副碑には編著者にて適宜補つた箇所もある。また、天皇や神様等への敬意を表する為の「擡頭《たいとう》――天皇や神様の御名前や、それに関する事を書く時に、改行してその語を他の行より一、二字分、上に高く出す」「平出《へいしゅつ》――改行して前の行と同じ高さに書く」「闕字《けつじ》――その直ぐ前を一、二字分、空ける」の礼は恐れながらこれを略した。なほ、副碑の碑文中には恰も擡頭や平出を意識せるに非ずやと思はれるやうに、「天皇」の上一字分を空けた箇所も見受けられる。

二、掲載順は、今上陛下の御製碑を巻頭に掲げ、次に、明治天皇、大正天皇、昭和天皇、上皇陛下の御製碑、御製詩碑の順として、それぞれの詠ませ給ひし年月ではなく、建立年月日の順とした。

三、それぞれの記載の順は概ね（一）御製・御製詩、（二）建立地、（三）建立年月日、（四）謹書者氏名、（五）副碑或はその他の碑文、（六）建立者。以下分る範囲で建立経緯やその他の情報等を特記事項として記した箇所もある。副碑等には殆ど句読点は無いが、編著者にて句読点を附し、或は「／」にて改行箇所を示した箇所もある。処々の「註」は編著者が附したものである。

四、「いしぶみ」には非ざるも、それぞれの御代の行幸・行啓・行幸啓の砌《みぎり》に編纂された詠進集、献詠集の類をも本書編纂の趣旨に鑑み「碑」に準ずるものとして採り挙げた。

五、仮名遣は正仮名遣を原則としたが、戦後に建立された副碑の碑文、引用文等はその限りではない。

六、漢字に就いては、青少年の〝読まう〟といふ意欲を最初から減退させるのも不本意であり、次善の策として御碑に刻まれた字は別として、固有名詞等は出来る限り正字体とし、説明文等は所謂新字体とした。その混用、不統一、そして正漢字使用からの〝変節〟の誹《そしり》は甘受する。なほ俗に旧字体と言ふが本書に頻出する「神」「國」「縣」等は平成十六年に人名漢字に追加されてもをり強《あなが》ち「旧字」とされる漢字ではないが、これらも一応新字体とした。

七、次の点は特に御注意の上お読み頂きたい。それは「今上・皇太子、行幸・行啓、御製・御歌」等の用語である。例へば、皇太子の頃の「御歌」は、御即位後には「御製」と申し上げるのが本則である。併し本書は明治、大正、昭和、平成、令和と五代に亙る記録であり、原則としてそれぞれの御代における「今上・皇太子、行幸・行啓、御製・御歌」としてある。従つて何れの御代の「今上・皇太子、行幸・行啓、御製・御歌」であるのか、御注意頂きたくお願ひする次第である。

目次

第三章　大正天皇御製詩碑

第四章　昭和天皇御製碑

装幀　古村奈々 + Zapping Studio
カバー絵　葛飾北斎「菊に虻」

第一章　今上天皇御製碑

五箇山をおとづれし日の夕餉時森に響かふこきりこの唄

建立地　南砺市平村相倉　地主神社境内
建立年月日　平成四年春
謹書者　東宮侍従長山下和夫
副碑碑文
皇太子殿下が、平成三年の宮中歌会始お題「森」にて詠進されたお歌で、昭和五十一年八月に学習院高等科地理研究会の研修で御来村になった折の感慨を詠まれたものである。

平成四年春

平村長中村義則謹書

建立者　平村長中村義則

左のやうな副碑も別途に設置されてゐる。

皇太子殿下御歌碑の御案内

一、揮毫　東宮待《ママ》従長

山下和夫氏

（註・この副碑には「揮毫」とあるが、御製碑には「謹書」とある）

一、御歌（略）

一、平成四年七月三日

特記事項

昭和五十一年夏、当時は皇孫殿下にましました浩宮徳仁親王殿下（今上陛下）は学習院高等科の地理研究会の学友共々、五箇山の平村に御成り遊ばされた。その折に御宿泊所となった相倉集落の民宿では、夕餉の際に旅情を御慰めすべく「こきりこ」の踊りと唄を御披露申上げたのである。陛下はこの事に深い感銘を受けてをられたやうで、恐らくその頃に表記の御作を御詠みになつてをられたのでは、と恐れながら推察する次第である。後年、平成三年の歌会始の勅題「森」に因み詠まれた御歌として御発表になつたのがこの御製である。

なほ、伝承によれば「筑子《こきりこ》」は今の南砺市上梨を中心に承け継がれてきた古代民謡で、今を去る事凡そ七百年前の奈良時代に当地に移り住んだ放下僧《はうげ》（心身共に一切の執着から解脱した禅僧）や、南朝の遺臣達が、上梨の白山宮の祭礼に、後醍醐天皇の慰霊の唄として田楽の転化したものを唄ひ舞つたのが始原ではなからうかと言はれてゐる。なほ、この「こきりこ」の踊りと唄は昭和四十八年に国の選択無形民俗文化財に認定された。

附言すれば、相倉集落の観光客用駐車場傍の小高い丘上に、秋篠宮殿下（皇嗣殿下）が平成十五年の歌会始に御詠進された御歌「暮し映す合掌造りの町並を見つつ歩めり妹と吾子らと」の御歌碑が建立されてゐる。

第二章　明治天皇御製碑

世とともにかたり傳へよ國のためいのちを捨てし人のいさををを

建立地　富山市八尾町城ケ山公園三番城ケ山　元婦南鎮霊神社の向つて左横
建立年月日　大正七年九月
謹書者　陸軍中将正四位勲二等功三級橋本勝太郎
建立者　帝國在郷軍人會八尾町分會
特記事項
この御製碑は現在は碑面の摩耗甚だしく、正面の御製はその御製を知つてゐるので辛うじて判読し得るが、側面の由緒書らしき文は到底判読し得ない。そのやうな現状であるが幸ひな事に『富山の文学碑』（森清松著、昭和五十四年刊）に記載されてゐる。それによれば側面には以下の文が彫られてゐる。「陸軍中将正四位勲二等功三級　橋本勝太郎閣下之書　大正六年九月　帝國在郷軍人会八尾町分会」。橋本中将は大正五年より八年まで第九師団長（司令部金沢）に在任してをり時期的にも符号する。なほ、建立の年に就き大正六年、七年と食違ひがあるが、この点に就いては後述する。

この御製碑は「御製碑」と称するには余りにもみすぼらしい。約三十センチ四方余の地面に栗石を三、四個置き、その上に四角い石を重ねた高さ約四十五センチの基壇らしき物の上に建てられた碑石は、約十九センチ角にて、高さ約一メートル六十五センチ。城ケ山公園内に建立されてゐる種々の石碑、顕彰碑、記念碑に比してその貧弱さは際立つてをり「御製碑」として建立されたとは到底思はれない。その理由を二つ挙げよう。

まづ、婦南鎮霊神社は正面の石段で言へば数段登つた小高い丘の上に鎮座する。そして、その丘の縁から凡そ十メートル離れた所に「御製碑」が在るのであるが、その丘の直ぐ横に乃木大将手植の松が在る。その松の横には「乃木大將手植之松」と彫られた石柱が建てられてゐる。その石柱の寸法は高さ約二メートル、正面の幅約二十センチであり、右側面に「明治三十九年六月二十日植之」と彫られてゐる。つまり乃木大将はこの時に富山県の八尾を訪問されたのである。この石柱と御製碑とは数メートルしか離れてゐない。明治天皇への乃木大将の忠誠心を思へば、仮令《たとへ》後世の人とは言へ「乃木大將手植之松」の石柱よりも遥かに貧弱な物を斯かる至近距離に、「御製碑」として建立するとは到底思へない。

次に、この御製碑の二十メートルくらゐ離れた所にこの公園の〝起創者〟の頌徳碑が建立されてゐるが、明治四十一年建立の高さ約三メートル、幅約八十センチの碑に彫られてゐる起創者の肩書は「陸軍歩兵曹長、勲七等功七級」である。こんな立派な頌徳碑の直ぐ近くに、十年後に正四位勲二等の陸軍中将が謹書した、こんなにも貧弱な、或る意味では不敬とも思へる御製碑を建立するとは余りにも不可解である。

『続八尾町史』(昭和四十八年十月、八尾町役場発行)に右の不審点解明の参考となる記述が見える。その「観光」の章に城ケ山公園に関する記述があり、それによれば「日清戦役記念碑」が明治三十五年、「日露戦役忠魂碑」が同四十一年に建立されてゐる。ところが、これ等が簡素に過ぎ、招魂祭にも荘厳を欠く恐れあり、と言ふ事で、大正七年在郷軍人会八尾町分会が台石を改築し「周囲に御影石の玉垣をめぐらして整備した」由である。これ等二つの「記念碑」「忠魂碑」を統合する形で「婦南鎮霊神社」が創建されたのが昭和二十五年。同町史には鎮霊神社のまはりに明治天皇御製碑が在る旨の記事があり、写真も載つてゐるが、建立の経緯に就いては触れられてゐない。ただ、鎮霊神社建立に続いて御製碑の記事があり、断定は避けなければならないが、鎮霊神社建立(昭和二十五年)と同時に御製碑も〝建立〟されたのではなからうか。考へられるのは在郷軍人会八尾町分会が大正七年に玉垣をめぐらした際に、その親柱に明治天皇御製を謹刻したのではなからうか。昭和二十五年鎮霊神社建立に伴ひ「記念碑」「忠魂碑」は鎮霊神社社殿の背後の目立たない場所に移設され今も「明治廿七八年、征清記念碑」と「（日露戦役）忠魂碑」とは社殿の背後に碑石が触れ合ふくらゐに並べて置かれてゐる。そして旧の玉垣は撤去され、鎮霊神社周囲には新たに玉垣が築造されたやうである。その際に、忠魂碑の周囲にあつた玉垣の中の、御製の謹刻されてゐる親柱を撤去するに忍びず、その親柱を鎮霊神社社頭に移設、「明治天皇御製碑」として建立したのではなからうか、と推測されるのである。

『拓本で訪ねた八尾の文学碑』の明治天皇御製碑の項には「この碑は日清・日露戦争で戦死した英霊を祭る忠魂碑が建てられたことから、その正面に建てられた」とあるが、これは後世の誤伝かと思はれる。何となれば『八尾史談』（松本駒次郎編、大正十六《ママ》年一月一日発行）の「忠魂碑構造替」の項に「従来忠魂碑の構造は甚だ粗略にして荘厳を欠く憂へあるとて、大正五年十一月より同七年九月まで、（中略）会員総掛りとなり、碑の台石は大なる玉石を以て山嶽形に積み上げ、要所々々に松樹を植込み、又周囲には花崗石製の玉垣を以て繞らし（以下略）」とある。斯様な堂々たる二基の忠魂碑の「正面に建て」るには先述の如く貧弱であり、却て忠魂碑改装の目的である荘厳性付与を阻害する事になり兼ねない。抑々『八尾史談』には「忠魂碑構造替」は記されてゐるが「御製碑建立」の事は記されてゐない。今一つ注意すべきは建立年である。『八尾史談』にあるやうに大正五年から七年にかけて「構造替」が為されてをり、完成は七年であるが、謹書はその前年であつた、と推察される。

以上の考察からして、断定は出来ないが、この御製碑は元々「御製碑」として建立されたのではなく、御製の謹刻されてゐた玉垣の親柱を後世（昭和二十五年、鎮霊神社建立の折）「御製碑」に転用したのではなからうか。何れにしろ婦南鎮霊神社の護持母体であつた地元の遺族会、旧軍人団体の方々に問合せてみたが、高齢化等により今や「明治天皇御製碑」建立の経緯に就いて直接知る人は皆無の状態である。

附言すれば婦南鎮霊神社は前記の如く護持母体の弱体化により平成二十二年神霊は已む無く富山縣護國神社の境内社伊佐雄志《いさをし》神社に奉遷、合祀され、嘗ての御社殿、鳥居、玉垣等々は旧鎮座地に残されてゐる。

ちはやふる神の心にかなふらむわが國たみのつくすまことは

建立地　黒部市若栗　若埜神社境内

御製碑の裏面は上下二段に分けられ、上段に地区内の戦歿者姓名が列記され、下段には以下の建碑由緒が刻まれてゐる。漢字は旧字が殆どであるが、今で言ふ新字も混在してゐる（／は改行箇所）。

昭和三年十一月十日畏クモ京都皇宮ニ行ハセ給フ御即／位ノ御大禮ヲ永遠ニ記念シ奉リ以テ國民精神作興ニ資／スル所アラム爲同年十月十三日帝國在郷軍人會若栗村／

分會及村有志者相謀リ村社境内東部ニ地ヲ卜《ぼく》シ忠魂碑／ノ建立ヲ企圖シ翌四年七月三十一日工事完成同十月十／八日除幕式ヲ擧行セリ（註・陸軍大将宇垣一成書の、実に堂々たる忠魂碑が御製碑の向って左斜め後方に建立されてゐる）初メ此事タル三ケ年継続ノ事業／ナリシガ計画ノ發表セラル、ヤ村民ノ同情翕然《きふぜん》トシテ／集リ擧村一致之ガ竣工ニ協力シ碑石ハ内山村宇奈月山中／ニ台石ハ浦山村小頭谷ニ於テ發見シ之ガ搬出ニ建造／ニ又庭園ノ修築ニ工事ハ蹉跌ナク着々進捗シ期年／ナラスシテ其完成ヲ見ルニ至レリ之レ實ニ村民ノ犠牲／的精神發露ノ然ラシムル所ニシテ嚴然タル高碑ハ今ヤ／村民瞻《せん》仰《ぎやう》ノ中心トナレリ茲ニ建碑ノ縁由ヲ記スニ方リ／表面ニ　明治天皇御製ヲ謹刻シ裏面ニ明治維新後ニ於／ケル西南戰争日清日露歐州各戰役及西比利亞出征滿洲／上海各事

變ニ戰病死シタル者ノ芳名ヲ列記シ一ハ永ク／天皇ノ御聖徳ヲ仰キ奉リ一ハ戰病死者並従軍者諸氏ノ／忠誠ヲ後世ニ傳ヘ亦以テ民心訓化ノ一助タラシメムコ／トヲ期セリ

昭和八年十一月

建立年月日　昭和八年十一月

謹書者氏名　陸軍少将渡久雄

特記事項

渡少将はこの御製碑建立当時は金沢に在つた歩兵第六旅団長であつた。軍の編成は時代により変遷があるが、当時第九師団（司令部金沢）の下に第六旅団（司令部金沢）と第十八旅団（司令部敦賀）があり、その第六旅団に二個の聯隊つまり、富山駐屯の歩兵第三十五聯隊と金沢駐屯の歩兵第七聯隊があつたのである。なほ、御製碑の右斜め前に、昭和三十二年十一月に「日支事變・大東亞戰歿者氏名」を列記した石碑が建立された。

事しあらば火にも水にもいりなむと思ふがやがてやまとだましひ

建立地　富山市本丸町　富山城址公園の一角

建立年月日　昭和十五年十二月（紀元二千六百年記念）

謹書者氏名　瓜生俊教（碑そのものには謹書者の氏名は刻まれてゐないが、平成二年富山市消防本部発行の『富山市消防史』に氏名のみ記録されてゐる。謹書当時の肩書は不明であるが、後に富山警察署長、富山県警察学校長等を歴任した警察官）

些か変則的と思はれるが「御製碑」は副碑のやうな形となつてゐる。本碑「殉職警防團員之碑」については、揮毫者は当時の矢野謙三県知事である。「揮毫」ではなく「矢野兼三書」とある。

建立経緯

「殉職警防團員之碑」は富山県警防義会発足後、紀元二千六百年を記念して建立された（『富山県消防沿革史』富山県消防協会編、昭和三十年発行）。明治天皇御製碑が同時に建立されたか否かは同書には記述がないが、『富山市消防史』『富山の文学碑』等により明らかである。

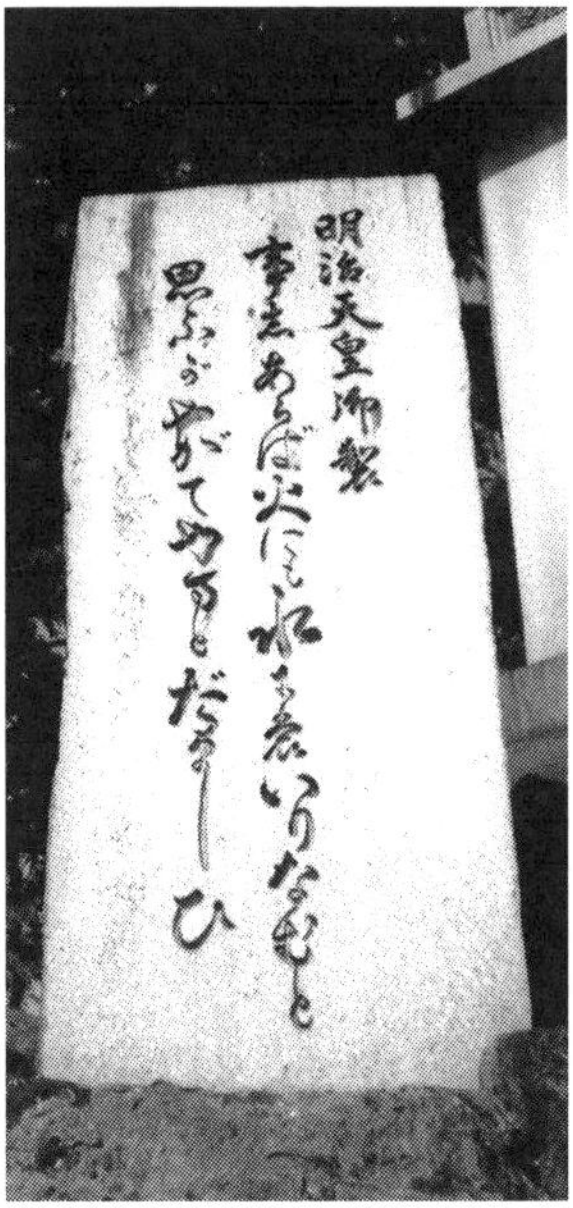

特記事項

・この御製は『新輯　類纂明治天皇御集』には第三句が「入らばやと」となつてゐる。後述（三十一頁）の如く、既刊本の語句の一部に異同がある場合はその句を傍に記した由で、この御製の第三句の傍には「入りなむと」と記されてゐる。念の為五種類の御集、御製集に目を通したが、明治神宮発行の御集、日本教文社刊の『歴代天皇の御歌』は両方併記、『列聖全集』他一種が「入らばやと」、他の一種が「入りなむと」である。

・近年に至り左の如き説明板が基壇の前に設けられた。

殉職警防団員之碑

警防団員とは、戦前の名称で、現在の消防団員をいいます。消防団員は、住民の生命、身体、財産をあらゆる災害から守るという崇高な使命と長い伝統のなかで培われた旺盛な郷土愛護の精神に燃えています。水火災害に敢然と身を挺してその職に殉じた消防職団員の霊を弔い、その功績を永くたたえるとともに、県下の消防関係者の志気（註・ここは「士気」の方が良からう。「志気」も気概ではあるが、特に団体のそれは「士気」）を鼓舞するために建設されました。昭和二十年八月二日未明の富山市空襲には奇跡的に戦禍を免れています。

昭和十五年十二月竣工／（皇紀二千六百年）／木曽川産水成岩／本碑揮毫者富山県知事矢野兼三／㈶富山県消防協会

國といふくにのかゞみとなるばかりみがけますらを大和だましひ

建立地　氷見市加納　八幡神社参道入口

同地鎮座の八幡神社参道入口の向つて右側の玉垣親柱に刻む形で建立されてゐる。そして左側には同様に昭憲皇太后の御歌「おくふかき道もきはめむものごとの本末をだにたがへざりせば」の御歌碑が建立されてゐる。

建立年月日　昭和四十八年十月

謹書者　宮司吉川正文

建立経緯　従来、境内と田や道路との境界が明瞭ではなかつた。そこでこの年耕地整理が進められ、これを足がかりに氏子一丸となつて玉垣を築き、明治天皇御製を刻んだ。

千早ぶる神のひらきし道をまたひらくは人のちからなりけり

建立地　氷見市栄町　金宮《かなみや》神社参道入口

参道入口、向つて右側の玉垣親柱に近接して建立されてゐる。そして向つて左側には昭憲皇太后の御歌碑が建立されてゐる。御歌は「高山のかげをうつしてゆく水のひきゝにつくを心ともがな」。

建立年月日　昭和五十八年十二月吉日

謹書者　宮司吉川正文
建立者　氏子全体で御製碑、玉垣を寄進したのであらうが、碑の背面に宮総代、宮委員七名の氏名が刻まれてゐる。
建立経緯　昭和五十八年に社殿の改築を行つた際に、併せて御製碑建立、玉垣築造が為された。

夏さむき越の山路をさみだれにぬれてこえしも昔なりけり

建立地　下新川郡朝日町宮崎一四八五番地　鹿嶋神社宮司九里文子氏宅の庭
建立年月日　昭和六十三年九月二十八日
謹書者氏名　明治神宮宮司髙澤信一郎
建立者　鹿嶋神社宮司九里道守
建立経緯

明治十一年九月二十八日、天皇北陸御巡幸の砌、当地の神職九里東太由の邸宅が御小休所とされた。

そして、明治天皇御小休百十年を記念して、昭和六十三年に時の宮司が建立したものである。御製碑の建立、除幕式当日は、謹書者明治神宮宮司髙澤信一郎氏を迎へ、氏子

を始め関係者多数参集し、御小休所百十年祭も盛大に挙行された。
なほ念の為に附言すると、この御製は第四句が「ぬれてこえしも」と過去形になつてゐる点からも分るやうに明治三十二年の御作である。北陸御巡幸の二十年後に往年を思ひ出し給ひ「をりにふれて」と題してお詠み遊ばされたものと拝察される。なほ他にも多くの例が有るやうに、この御製は建立地にて詠み給ひし御製ではない。現在迄に公刊されてゐる、明治天皇御集としては最も精緻と思はれる『新輯　明治天皇御集』『類纂新輯明治天皇御集』と、同じく明治天皇の御一代記としては最も信頼のおける『明治

天皇紀』とを対比して、明治天皇が北陸東海御巡幸の折に今の富山県にて詠ませ給ひし御製と確定し得る御製は見出だし得ない（但し編著者西川が直接宮内公文書館にて閲覧した、未公刊ではあるが「明治天皇御集稿本」には今の富山県にて詠み給ひし御製と推測し得る御製が七首見える）。さらに言へば富山県（当時は石川県に含まれてゐた。富山・石川の分県が成つたのは明治十六年）を御通過遊ばされた九月二十八日より十月二日の間に「山路をさみだれにぬれてこえ」給うた事は無かつたのである。

『明治天皇紀』の当時の記録に依れば北陸道では九月十一日「既にして大雨至り、終日歇《や》まず、午後五時三十分高田に著御」。同十五日（弥彦著御の日）「是の日雨天、泥濘深くして儀衛頗る艱《くるし》む」。同十七日（新潟）「細雨霏々として終日晴れず」。同二十一日（三條にて）「是の日残燠烈しく、且峻坂少からず、加ふるに昨夜の風雨にて泥濘深く」。同二十三日（長岡・柏崎のあたり）「県官小宇を設けて御臨憩に供せしが、風雨強く……馬丁・輿丁等に酒肴料を賜ひて、雨中の労を犒はしめ」。同二十六日名立も雨。二十七日糸魚川大雨。二十八日（当時の石川県）泊に著御あらせられたのである。「東京発輦以来、降雨連日に及ぶこと少なからず」（十月九日・敦賀の條）ではあつたものの、富山での五日間では滑川・富山間の「常願寺川左岸の長堤を進ませらる、立山を望むに適す、然れど陰雲深くして山容を現さず」以外は好天であつた。つまりこの御製の「越《こし》」は越中ではないのである。併し、御製碑はその地にて詠み給ひし御製を、その地に建立されるだけでは勿論ない。現に昭和天皇の「立山の御歌」は小矢部の埴生の地にて詠み給ひしは明白であるが、富山県内各所にその御製碑が建立されてゐる。それはその御製の大御心を奉戴せんとの関係者の「まごころの結晶」なのである。鹿嶋神社の九里宮司は、明治天皇御巡幸の往時の只ならぬ御労苦を偲び奉つて、「越」の国とも縁《ゆかり》深いこの御製を選び、御製碑に刻むこととされたのであらう。

「越《こし》」は北陸道の古称。「高志」とも書かれる。都に近い順に若狭、越前、加賀、能登、越中、越後、佐渡の七国。「夏さむき」の御製は恐らく越後（新潟県）にての感懐を詠み給ひしものと拝察申上げる次第である。

次に掲げるのは、明治天皇の御製を刻んだ碑ではあるが、個人の墓地に建てられてをり本書に「御製碑」として載せるのは躊躇される処である。依つて参考までに掲載するものである。

ますらをに旗をさつけておもふかな日の本の名をかゝやかすへく

建立地　富山市八ケ山　長岡墓地　正谷《まさたに》家墓所内
建立年月日　大正四年
謹書者　寺内正毅

建立者　　正谷亮太郎

特記事項

この御製は聯隊旗親授のことを詠み給ひし御製である。『新輯　類纂明治天皇御集』（明治神宮編）には「ますらをにはたてさづけておもふかな日本《ひのもと》の名をかがやかすべく」となつてゐる。同御集の凡例によれば、既刊本の中には「語句の一部が異なる場合」もあり、そんな場合はその句を傍に記した由で、この御製の第二、三句の傍には「旗をさづけていのるかな」といふ異伝が併記されてゐる。念の為五種類の御集、御製集に目を通したが、明治神宮発行の御集は前記の通り、『列聖全集』の「明治天皇御製」の部には「ますらをに旗で授けて思

ふかな日の本の名をかがやかすべく」。渡邊新三郎著『明治天皇御製謹解』には「旗手《はたて》授《さづ》けて思ふかな」。他の二種類の明治天皇御製集にはこの御製は採られてゐない。明治天皇御製集としては最も信頼のおける明治神宮編の御集と、列聖全集編纂会の御製集には正谷家墓所の御製碑にある「旗をさつけておもふかな」の詩句の御製は見えない。

碑の正面には御製に続き「臣正毅謹書」とあるのみで肩書は書かれてゐない。『富山市の文学碑と拓本』の説明文中に「陸軍大臣」とあるがこれは誤りであらう。陸軍大臣在任期間は明治三十五年より同四十四年の間であり、この御製碑建立の大正四年当時は朝鮮総督（初代）であつた。但し、御製碑建立以前に謹書だけはされてゐた可能性も絶無とは言へない。正谷家の墓所の御製碑に謹書するに至つた経緯は不明である。何分にも御製碑の建立地が個人の墓所内であり余りの穿鑿《せんさく》は憚られるので、公刊本に公表されてゐる範囲に留める為前記『富山市の文学碑と拓本』の説明文を抄録しておく。

（略）裏に長々と漢文の解説があり（註・①）、「大正四年立春、鎮西後孪（がく）、蘇峰、菅原正敬撰並書」とある。（中略）建碑者の正谷亮太郎は富山県で最初に洗礼を受けてカトリック信者となった人である（註・②）。カトリック信者であるが同時にわが国古来の神祇をも厚く崇敬し、東郷平八郎、乃木希典の揮毫を乞い、立山頂上雄山神社に神額を奉納した（註・③）。そして皇室を尊敬する念深く、自分の墓に明治天皇御製の碑を建てたという異色の人である。

註①今は殆ど判読不能。
②職業は開業医。
③奉納は明治四十年。乃木大将謹書の『雄山神社』なる額は風雪耐へ難く紛失して今は見る事が出来ない。東郷大将（大正二年、元帥）の『敬神』の額は前車の轍を踏まざるべく雄山神社峯本社社務所に保管されてゐる。

第三章　大正天皇御製詩碑

登呉羽山

雨後無風秋氣温
呉羽峻阪留履痕
維昔秀吉進征旆
敵將力窮降軍門
吾來此地見形勢
中越全景眼中存
立岳衝空向東聳
神通水漲指北奔
兵營一路連城市
海灣直接覊䆉原
眺望如此難多得
眞是北國好公園

呉羽山ニ登ル

雨後風無ク秋氣温カシ
呉羽ノ峻阪履痕ヲ留ム
維レ昔秀吉征旆ヲ進メ
敵將力窮リテ軍門ニ降ル
吾レ此ノ地ニ來リテ形勢ヲ見ルニ
中越ノ全景眼中ニ存ス
立岳空ヲ衝キ東ニ向ヒテ聳エ
神通水漲リ北ヲ指シテ奔ル
兵營一路城市ニ連リ
海灣直ニ接ス覊䆉《はあ》ノ原
眺望此ノ如キハ多クハ得難シ
眞ニ是北國ノ好公園

建立地　富山市北代　呉羽山公園の一角

〔謹解〕

呉羽の山は雨もあがつた後で秋の温かい気配が辺りに漂つてをり、その雨上がりの急な坂道には、靴の痕が残つてゐる。思へば、この地はその昔、羽柴秀吉が戦の旗印も勇ましく軍勢を進め、秀吉にとつては敵将であつた流石の佐々成政も力窮つてその軍門に降つた古戦場ではないか。そして今、この地に来て　その形勢を見てみると、富山県の素晴らしい景観の全体が見渡せるのである。

峨々たる立山の峰々は空を衝いて東に向つて聳え立ち、神通川には水が漲り北を指して奔流となつてゐる。又、この地に駐屯する歩兵第三十一旅団司令部と歩兵第六十九聯隊の兵営

は広い道路ただ一すぢに富山城のある市街に連り、富山湾と豊かな稲田の越中平野とは恰も直接続いてゐるかの如くである。

このやうな眺望はさう多くは得られるものではなく、この呉羽山こそまことに北国の素晴らしい公園である。（『天地十分春風吹き満つ――大正天皇御製詩拜讀』より）

碑の裏面

従三位勲三等臣工藤壮平謹書

昭和二十六年十月一日建之

大正天皇御製詩碑建立発起人

　富山縣知事　髙辻　武邦　　行啓記念會長　内山　季友

　観光協會會長　佐伯　宗義　　富山市長　富川　保太郎

婦負郡町村長會長　（略）二十二名列記　　謹刻者　東京青山／石勝刻

建立年月日　昭和二十六年十月一日

謹書者　工藤壮平（大正・昭和の頃の官僚。内大臣秘書官等を歴任。書家でもあつた。）

特記事項㈠

この御製詩は明治四十二年十月一日呉羽山に御登りの折の御作である。この御製詩碑の右斜め前に「皇儲駐駕處《くわうちょちゅうがのところ》」（天皇のお世継ぎのお方が、御乗り物を駐めさせ給うた処）と彫られた石柱が在る。この御製詩碑は平成十四年修復されたが、元の御製詩碑は富山縣護國神社境内に移設、保管されてゐる。

特記事項(二)

同じ御野立所跡に、この御製詩碑の向つて右横、やや低い丘状の場所に、昭和天皇御製碑（「立山の御歌」の碑）が建立されてをり、御父子の天皇陛下の御製詩・御製の碑が並んで建てられてゐるのは全国でもここだけであらうと言はれてゐる。

この御製詩碑の大きな基壇の向つて右下に「大正天皇御製詩碑並に昭和天皇御製碑」と題する説明板が設けられてをり、文面は左の如くである（設置者名、設置日付は書かれてゐない）。

明治四十二年九月二十九日、時の皇太子嘉仁親王殿下（後の大正天皇）は富山県に行啓遊ばされ、十月一日雨の上がつた秋晴れの日、ここ呉羽山にお成りになり、白壁茶屋より徒歩にて呉羽山頂にお登りになられたのです。それ以後この山頂を御野立所と呼び、内山外川翁揮毫による「皇儲駐駕處」なる石柱が建てられてをりましたが、実は大正天皇はその折、呉羽山頂の御感懐を『登呉羽山』なる七言古詩の漢詩にお詠みになつてをられたのであります。

その後、昭和二十六年九月八日サンフランシスコ講和会議に於ての平和条約調印を受け、祖国復興の心の拠り所とし、併せて、大正天皇の聖蹟を長く記念、保存すべく、同年十月一日、御製詩『登呉羽山』の中で「眺望此ノ如キハ多ク得難シ」（註・ここは御製詩には「難多得」とあり、「多クハ得難シ」と訓むべき所である）とお詠みになられた「皇儲駐駕處」に、内山外川翁の嫡嗣内山季友氏（代々富山藩十村役十三代目）が中心となり、その御製詩『登呉羽山』の詩碑が建立されたのであります。

又、その横に建立されてをります昭和天皇の御製碑は、昭和三十三年七月、第十三回国民体育大会が此処富山県にて開催されました事を記念して、時の富山県知事吉田實氏が発起人代表となり建立されたものであり、刻まれた御製は、昭和天皇が皇太子の御時の大正十三年十一月三日、摂政宮として陸軍大演習統監の砌、秋天に気高く聳え立つ立山連峰の秀麗な姿をみそなはしてお詠み遊ばされた「立山の御歌」であります。

この地を訪れ下さいました皆様には、大正と昭和の二代の天皇様の「おほみうたの碑」を建立した、先人のこの、心意気をお汲み取りいただきますならば、富山県民としての、更には日本国民としての誇りを一層深めていただく好機となるものと信ずる次第であります。

大正の御代の天皇皇后両陛下の御製詩・御詩（漢詩）等について

「御製（ぎょせい・おほみうた）」と言へば普通は、天皇の詠み給ひたる和歌を思ひ浮べる。併し御歴代の天皇の中には御製詩（漢詩）をお詠みになられた天皇も少数ながらおいでになるのである。また、皇后にして漢詩をお詠みになられたのは、大正天皇の皇后の貞明皇后ただ御一方のみである（女性天皇の第四十六代孝謙天皇には御製の漢詩一首が記録されてゐる）。

神武天皇から明治天皇の御代まで、皇后も含め御歴代の和歌、漢詩の御作、御日記、詔勅等を謹編した『列聖全集』と云ふ書物が有る。その全集に載る「御製集」の部は謂はば「和歌」の部であり、御製漢詩は「御製詩集」の部となつてゐる。本書において「御製」「御製詩」を区別してゐる所以である。

神武天皇以來、今上天皇まで百二十六代、和歌をお詠みになられなかつた天皇は殆ど御座しまさず、またその御作の数量から言つても、明治天皇の御一代だけでも御製の数は「御集」に載るだけでも九万三千三十二首である。反面『列聖全集』に見える「御製詩」を詠まれた天皇は二十九帝、御作の総数三百五十八首である。同全集には大正の御代以降は含まれてゐないとは言へ、御製詩（天皇の作られた漢詩）は如何にも少ない。

御歴代の中で御製詩の多いのは、第五十二代嵯峨天皇と第百十代後光明天皇共に九十八首、第百八代後水尾天皇三十六首、第百十二代靈元天皇二十五首、第六十六代一條天皇二十三首が多い方である。その中で大正天皇の御製詩は『大正天皇御集』に載るだけでも二百五十一首（稿本類には千三百六十七首）である。遠い時代の天皇の御作の稿本や記録類は散佚してゐるものも多いと思はれるが、それにしても大正天皇の御製詩の数は突出してゐる。なほ、言ふまでもない事であるが、大正天皇は御製（和歌）もお詠みになられた。『大正天皇御集』には御製詩と共に御製が四百六十五首載せられてゐる。

大正天皇は先帝明治天皇、後の昭和天皇に比し御在世も御在位の年数も短く、恐れながら生涯御病弱にましましたかの如く世上では伝へられる事もあるが決してさうとは言へない。

慥《たし》かに御幼少の頃は病弱であられ、大正十年には摂政設置など御晩年は御不例が続かれたが、お若い頃には普通に御健康にましましたのである。この点を『大正天皇実録・補訂版』の御乗馬の記録に見てみると、

明治十九年（宝算《ほうさん》八歳）三月十八日　（註・宝算は天皇の御年齢）

始めて乗馬あらせらる。（中略）本年乗馬あらせらるる事五十回に及び、次第に年を追ひて其の数を加へさせらる。

そして明治三十年（宝算十九歳）二月二十一日には御乗馬のやや詳しい記録が載る。

（前略）御用邸内に馬場を設けしめ、正月四日には御試乗あり、爾後、御運動として御し給ふ事尠しとせず。抑々御乗馬を好ませ給へる御有様は既に謹述し奉りし処なり。然るに近年打続く御大患に暫く御中止の止むなきに至らせられしが、頃日御健康の御快復に伴ひ再び行はせられ、独り馬場内に於て御し給ふに止まらず、近郊御外乗の事さへあり。今、顧み奉りて近時に於ける御乗馬回数を左に表示すべし。

明治二十三年七十三回／同二十四年七十七回／同二十五年五十九回／同二十六年七十回／同二十七年七十一回／同二十八年十四回／同二十九年六十五回／同三十年六十八回

備考　右表中、二十八年度の回数極めて少きは長期に亘る御違例に基づくものなり。（以下略）

御運動として乗馬を試み給ふ傍ら、自転車の御趣味を加へ給ひ、御滞在中御運動に之を用ひさせらる。（以下略）

明治二十三年と言へばまだ十二歳の少年、然るに逐年右の乗馬回数が記録されてゐる。若し御病弱ならば到底斯様な回数には達しないであらう。また、行啓・行幸の概略を見ると、明治二十七年御年十四歳の時広島大本営行啓、明治三十三年御成婚後には妃殿下御同道にて三重、奈良へ。同年北九州、山口方面へ。同四十年には韓国にも行啓遊ばされた。同四十二年には陸海軍中将となり給ひ、当年は素よりその前後の年にも毎年参謀本部演習を台覧し給うた。

御即位後は大正に入り御即位関連の行幸は素より、元年には埼玉県川越にて、同八年には兵庫、大阪にて陸軍特別大演習を統監し給うたのである。その後御不例徐々に重らせ給ひ、治癒ならず、大正十五年十二月二十五日宝算四十八歳にて崩御し給うたのである。この宝算は御歴代に比して格別に御短命といふ程ではない。明治天皇は六十一歳、昭和天皇は八十七歳であられたが、崩御の御年齢を明治天皇の前の何代かの天皇でみると、

第百二十一代　孝明天皇　三十六歳
第百二十代　仁孝天皇　四十七歳
第百十九代　光格天皇　七十歳
第百十八代　後桃園天皇　二十七歳

第百十七代　後櫻町天皇　七十四歳

この他、比較的近い時代の天皇の崩御の御年齢を見てみると二十代、三十代にて崩御なされた天皇も少なくはない。御長命にあられたのは、第百十二代靈元天皇の七十九歳、第百九代明正天皇の七十四歳である。すなはち、大正天皇は特別に御短命であられた訳ではない（宝算の典拠は明治天皇は『明治天皇紀』。大正天皇、昭和天皇は『昭和天皇実録』。他の天皇は『皇室事典』である）。

ここで大正天皇の皇后、貞明皇后の御歌《みうた》（和歌）と御詩《おんし》（漢詩）に就きごく簡単に触れておく。既述の『列聖全集』に載る「漢詩」の御作は、天皇の「漢詩」すら「和歌」に比べれば圧倒的に少ないのである。そして皇后にして「漢詩」を詠まれた御方は無いのであり、『列聖全集』には女性としては第四十六代孝謙天皇の御製詩（漢詩）がただ一首載せられてゐるのみである。そのやうな中にあつて、実は貞明皇后こそ皇后として唯御一人の御詩（漢詩）の作者にあらせられる。素より御歌（和歌）もお詠み遊ばされたのであり『貞明皇后御集』の「御歌集」（和歌集）の部には短歌千百七十四首、長歌一首が載り、「御詩集」（漢詩集）の部には七十一首が載せられてゐるのである。すなはち、大正の御代の天皇皇后両陛下は、天皇として、皇后として、お揃ひにてそれぞれ御歴代では随一の漢詩人にあらせられるのである。

貞明皇后の御詩「養蚕」謹解

本書の主題からは稍逸れはするが、好い機会でもあり滅多に目にすることも無い貞明皇后の漢詩の中より「養蚕」と題された明治四十一年の御詩を一首御紹介しておかう。

養蠶
満圃柔桑繁茂時
朝昏采采與蠶兒
須知飼養勤將惰
他日吐絲豐險基

養蚕
満圃《まんぽ》ノ柔桑繁茂《じうさうはんも》ノ時
朝昏采采蚕児《てうこんさいさいさんじ》ニ与フ
須《すべか》ラク知ルベシ飼養勤《しやうきん》ト惰《だ》ト
他日《たじつ》糸《いと》ヲ吐ク豊険《ほうけん》ノ基《もとゐ》ナルヲ

《意訳》
畠一杯に柔かい桑の繁茂する時、朝に夕に摘んで蚕の幼虫に与へます。飼養に当り一所懸命に世話するか否かが、やがて、糸を多く吐くか、少ないかの基となる事を是非知らねばなりません。

采采――采は採で、採つた上に更に採ること。
蚕児――①蚕。②蚕の幼虫。この御詩は五月二十七日の御作と貞明皇后御詩集の稿本類にあるので後者の意味。
豊険――収量の多寡。険は「薄い」の意。

皇室と養蚕とは殊に縁《ゆかり》深く、古くは「日本書紀」に遡る。幾度もの中断を経て明治四年、時の皇后陛下が国民への養蚕奨励の思召しを以て、その再興を願ひ吹上御所内の茶室を蚕室に充てて始め給うた。併し同六年火災にて蚕室は失はれ中断、同十二年英照皇太后が青山御所にて再開し給うた。その後大正三年に皇居内の紅葉山に御養蚕所が建てられ、貞明皇后、香淳皇后、上皇后と承け継ぎ給ひ令和の御代にも皇后がその伝統を継いでをられるのである。昨年は御代替りの諸儀式の為に御養蚕に関する諸儀式は無かつたが、令和二年より皇后陛下は上皇后陛下より御養蚕を御引継ぎ遊ばして、五月十一日初めての「御養蚕の儀」に臨み給うたのである。

第四章　昭和天皇御製碑

東宮御歌（この表題のみ右横書）

立山の空にそひゆるをゝしさにならへとそ思ふみ代のすかたも

建立地　中新川郡立山町、立山連峰雄山三ノ越（建立とは言ふものの、実際には立山連峰の雄山頂上直下三ノ越の東面する巌に直接刻んである。「立山」といふ名の山がある訳ではなく、雄山、剱岳等々の峰々を総称して立山連峰、即ち立山と呼びならはしてゐるのであり、左に載せる副

碑に「立山ノ群嶺雲表ニ連亙シ」とある所以である）

建立年月日　昭和二年五月十二日

謹書者氏名　東宮侍従長入江爲守

副碑碑文（銅板凸刻の上、御歌を刻んだ巖の側面下方に嵌め込んである）

東宮御歌ヲ恭刻スルノ記（原漢文。訓読、編者）

大正十四年乙丑《いつちう》一月二十日、宮廷、新年歌會ヲ行ヒタマフ。賜題ヲ山色連天ト曰フ。皇太子、藻粹《さうすゐ》ニ英《すぐ》レタマヒ、興ヲ我ガ立山ニ發シ、彝訓《いくん》ヲ昭示シ世教ヲ砥礪《しれい》シタマヘリ。朝野拜誦シテ振厲《しんれい》セザル莫シ。我ガ縣民恐懼感激、措ク所ヲ知ラズ。恭シク惟ルニ　皇太子天縦睿姿《てんしようえいし》、道、文武ヲ備ヘマス。曾テ欧州ヲ観風シ、尋デ萬機ヲ攝行シタマフ。萬國齊シク瞻仰《せんぎやう》スル所也。客歳甲子《かふし》秋、陸軍大演習ヲ賀越之野ニ統監シ、十一月三日、西礪波郡埴生村ノ阜上ニ巡監シタマフ。是ノ日、天澄ミ、氣清ク、矚目開豁、立山ノ群嶺雲表ニ連亙《れんこう》シ、崔嵬雄峻、嵐《らん》ヲ聯《つら》ネ暉《き》ヲ含ムコト、趨拜《すうはい》シテ壽ヲ上《ことぶきたてまつ》ル者ノ如シ。皇太子顧ミテ之ヲ悦ビタマフ。演習既ニ畢リ、方ヲ省ミ俗ヲ問ヒタマフ。越エテ十日、駕ヲ富山ニ駐メ、親シク縣廳ニ臨ミ民情ノ利病《りへい》ヲ察《み》タマヒ、又、中學ニ行啓シタマフ。縣學ノ兒女及ビ青年團員婦女會員凡ソ三萬五千人、中庭ニ列シ懽呼抃舞《かんこべんぶ》、奉迎之誠ヲ極ム。正雄恭シク立山寫眞一帖ヲ獻リ、幸ヒニ嘉納アラセラル焉。嗚呼、我ガ富山縣ノ多祉ナル、獨リ黎庶、辱臨《れいしよじよくりん》之恩ヲ蒙ルノミナラズ、山嶽モ亦親題之榮ヲ荷《にな》フ。而シテ、其ノ大訓、炳《へい》然トシテ日月ト與《とも》ニ光ヲ齊《ひとし》クス矣。苟《いやしく》モ縣民タル者、豈《あに》感奮惕《てき》厲《れい》シテ涓《けん》埃《あい》之報ヲ效《いた》サザルベケンヤ。頃者《ころごろ》、正雄縣官ト相謀リ、御歌ヲ石ニ謹刻シテ恩光ヲ無窮ニ垂レントス。教育會青年團婦女會諸員及ビ縣學ノ兒女、之ヲ聞キ相爭ヒテ貲《し》ヲ醵《きよ》シ、以テ此ノ擧ヲ贊ス。乃チ東宮侍從長入江子爵ニ請ヒ、御歌ヲ敬書シ、立山絶巓ノ巖壁ニ恭刻ス。正雄才疎ニシテ文拙ク、盛事ヲ紀《しる》スニ足ラズト雖モ、職、知事ヲ忝ウスルヲ以テ、謹ミテ事ノ始末ヲ叙シ、永ク後之登攀者ヲシテ、覽《み》テ激勸スル所有ラシム矣。

大正十四年十一月

富山縣知事正五位勲四等

岡正雄謹撰

語釈

藻粋…文藻。又、優れたる詩文の意。「粹藻」とも云ふ。

彜訓…人の常に守るべき教訓。

砥礪…つとめ、励ます。

振厲…勇み、奮ふ。

天縱睿姿…『史記・五帝紀』に「幼而徇齊」(徇は睿に同じ)、とあるを参照すれば、「天から授け有たれた、いともすぐれたるお姿」とでも訳すべきか。

観風…他所の風俗人情を観察する。

瞻仰…仰ぎみて慕ふ。

陸軍大演習統監…大正十三年十一月二日、摂政宮は名古屋から金沢へ。大本営に当てられたる前田侯爵別邸成巽閣にお成り。翌三日、大本営御出門。午前十時十分石動駅御下車。埴生村にて演習統監。石動駅より埴生御野立所に至る沿道は奉迎の老若男女十数万。恤兵《じゅっぺい》（戦地の兵隊さんを慰問する為に、お守や金品を贈ること）、社会事業功労者には特別拝謁を差し許さる。当日、皇軍の貔貅《ひきう》（精強かつ勇猛なる軍隊）四万は甲軍、乙軍に別れ小矢部川を挟み、飛行機、機関銃、工兵隊の架橋をも交へ、攻防、突撃、実戦さながらに、前年、関東大震災による大打撃ものかは、帝国陸軍の健在ぶりを示し、殊に、親しく加越の野に、三軍を統帥し給ひし　攝政宮の英姿に、官民朝野正に感激措く能はざりしと。


連亙…長くつらなりつづく。

崔巍雄峻…高大にして、雄々しく、峻しき状。

嵐…ランは国語の「あらし」ではない。「嵐気《らんき》」ととれば「蒸し潤つた山の気」となるが、前段に「天澄氣清矚目開豁」とあるにより、寧ろ、「嵐嫩《らんどん》」即ち、「青く若々しい山気の色」とでも釈き、澄明感をもたせるべきか。

趨拝…おもむき、拝する。

上壽…杯を尊者にすゝめて長寿を祝ふ。
省方問俗…（天子が）地方を巡行し、民情を視察し給ふ意。
越十日…摂政宮は、大演習統監を終へ給ひし後、一旦、福井県に行啓、十日に再び
富山県に行啓あらせられた。
利病…利益と弊害。又、長所と短所。
抃舞…手をうつてよろこび舞ふ。
祉…神与の幸福。
黎庶…くにたみ。この場合、富山県民。
臨…尊い方が来て下さること。
惕厲…つつしみ、はげむ。
涓埃…ひとしづくの水。ごく僅かの意。

註・この御製は『昭和天皇実録・第四』には「たて山の空に聳ゆるをゝしさにならへとぞ思ふみよのすかたも」と記録されてゐる。なほこの御製碑のみならず、この後に記述する多くの御製碑にも漢字・仮名の使ひ分け等に各種の「御製集」との異同が見られる場合がある。
「御製碑」としてはその碑に刻まれた侭を記録すれば良いが、「御製」そのものとしては漢字の正漢字、戦後の新漢字の違ひは別として、『昭和天皇実録』に記録されてゐ

る御製を採るのが妥当であらう。

建立者　富山県、富山県教育会

特記事項㈠

この御製碑に謹刻されてゐる「東宮御歌」には次のやうな意味がある。
大正の御代、天皇の御不例により皇太子が摂政に就任されたのは大正十年十一月二十五日であつた。以来大正十一、十二、十三の各年の歌御会始の皇太子殿下（東宮）の御歌は官報を始め正式には「摂政御歌」とされてゐたのである。その後『昭和天皇実録・第四』大正十四年一月二十日の記録に依れば

摂政御就任の当初、歌御会始においては他の朝儀と同様、皇太子は摂政として臨場され、御歌も「摂政御歌」として官報に記載されてきたが、元来歌御会始は天皇・皇后によって催される御式であり、皇太子は摂政ではなく皇太子の御資格をもっての御臨場が常理との議あり、昨年の歌御会始においては、直前に至り皇太子の御資格にての御臨場に改められる。本年は、最初より次第書に「東宮」と明記され、摂政の御資格にて御参内の後、皇太子の御資格にて歌御会始に臨まれる。また、官報掲載の御歌も「東宮御歌」とされる。

とある。つまり、右のやうな経緯に依り官報に基づき「東宮御歌」と謹刻されたものであらう。なほ、御即位後に建立された御碑は当然のことながら「御製」となつてゐる。附言すると各

種の文献に、要旨「(立山の御歌は)大正十四年新年歌会始に詠進された」とあるが、現在の「歌会始」は大正十四年当時は「歌御会始《うたごかいはじめ》」と称されてゐた。大正十五年の「皇室儀制令」の制定により「歌会始」と改称される事となつたのであり、実際に「歌会始」となつたのは先帝(大正天皇)崩御の事もあり、昭和三年からである。

特記事項(二)

『昭和天皇実録・第四』大正十五年一月十七日「歌御会始」の條に「東宮御歌　広き野をなかれゆけとも最上川うみに入るまてにこらさりけり」が昭和五年に作曲されて、「最上川」と題して広く山形県民に親しまれ、昭和五十七年に至り「山形県民の歌」に制定された、と云ふ記録が有り、資料として「山形県公報」「山形県民歌最上川経過要領」が記録されてゐる。併し、『昭和天皇実録・第四』大正十四年一月二十日「歌御会始」の條に「東宮御歌　たて山の空に聳ゆるをゝしさにならへとそ思ふみよのすかたも」は記録されてゐるが、「富山県民の歌」に制定されたと云ふ記録は見当たらない。

『富山県史・通史編Ⅵ近代下』の第三章「大正期の県民生活」に北陸大演習に触れられてをり、そこには「十一月三日、摂政宮が大演習統監のために、埴生御野立所に御成りになった日は、明治天皇御誕生日に当たり、晩秋の空くまなく澄みわたり、白銀きらめく立山連峰が望まれた。その姿を、翌年一月二十日の歌会始に、「山色連天《さんしょくてんにつらなる》」の勅題で、

たて山の空に聳《そび》ゆるををしさに

ならえ《ママ》とぞ思ふみよのすがたも

と詠まれた。（中略）この御製は、その後、富山県民の歌として歌われ、記念として立山三ノ越の石に刻み込まれた」とある。また、昭和天皇御在位六十年記念として出版した拙著『富山縣の今上陛下御製碑』に載る「富山縣下　今上陛下御製碑の原點をめぐって」（廣瀬誠筆）より抄出すると、「御歌碑の除幕式は年改まつて昭和二年五月十二日擧行された。縣幹部たちが殘雪を踏み分けて登攀、多久學務部長が除幕し、福田内務部長が白上知事の式辭を代讀し、一同高らかに御歌を齊唱した。（中略）縣では、御歌碑建立を計畫すると共に東京音樂學校に作曲を依頼して岡野教授の名曲を得たのであった。公的式典・行事等の際にはこれを齊唱するしきたりで、廣く縣民に愛唱されて來た。歌碑と樂譜とは當初からセットになってゐたのである。この御歌碑について忘れてはならぬ事實である」とある。共に「富山県民の歌として歌われ」（富山県史）或は「公的式典・行事等の際にはこれを齊唱するしきたりで、廣く縣民に愛唱されて来た」（富山県の今上陛下御製碑）と事実の記述はあるが、「山形県公報」「山形県民歌最上川経過要領」に類する資料の提示は無い。併し時の東宮侍従長が謹書してをり、作曲者は東京音楽学校の岡野教授である。屹度《きつと》公文書が発せられてゐるものと思はれる。この点に就いては編著者の力及ばず、後考を俟つものである。

　本書の編著者西川は富山県民であり小・中・高校時代には確かに「富山県民の歌」として「公的式典・行事等の際には国歌に次いでこれを斉唱」してゐたのである。併し、孫の世代は教へられてゐないやうである。とは言へ、令和二年現在でも民間有志の間では廉有る度に国歌と共に「立山の御歌」も奉唱されてゐる。

立山の空にそひゆるををしさにならへとそおもふみよのすかたも

建立地　富山市北代　呉羽山公園の一角（前掲「大正天皇御製詩碑」に隣接）
建立年月日　昭和三十三年七月
謹書者氏名　侍従入江相政
（碑の裏面）

第十三回國民体育大会を開催するに当たり記念のため之を建立す
昭和三十三年七月
發起人代表　富山縣知事　吉田　實／富山ロータリー倶樂部／北日本新聞社／東京青山石勝刻

たてやまのそらにそひゆるおゝしさにならへとそおもふみよのすかたも

建立地　元々の建立地新湊市（現射水市）中新湊の放生津保育園構内より、現在は元の建立地近くの放生津城址の一角に移設されてゐる。その経緯は「特記事項」に記す。

建立年月日　昭和三十四年四月十日　　平成十二年十一月移設

謹書者　従三位松村謙三

副碑碑文

正面

天皇陛下

皇后陛下

行幸啓記念

昭和三十三年十月二十一日

左側面

皇太子殿下御成婚記念

右側面

昭和三十三年四月十日

放生津保育園、放生津婦人會建之

特記事項

当時の皇太子殿下（今の上皇陛下）御成婚の佳日に当り、前年この地に昭和天皇皇后両陛下行幸啓あらせらし事を記念して建立された。当時の北日本新聞に依れば除幕式は行幸啓一周年に当る十月二十一日に行はれてゐる。なほ、この御製の第三句は「ををしさに」が正しい仮名遣なのであるが、「おゝしさに」となつてゐる。放生津保育園構内に建立されてゐた「立山の御歌」の御製碑は平成十二年に、近くの放生津小学校に隣接する放生津城址に移設され、復元保存の手が加へられてゐる。なほ、元の御製碑に改修が行はれてをり、その顕著な点は次の三点である。

①碑石も台石も形状は元の物と同様であるが、石材は新たにされてゐる。また、御製の文字も、恐らく原本が保存されてゐたのであらう、元通りである。

②旧の台石の、碑の正面の真下に当る部分に彫られてゐた「天皇陛下／皇后陛下／行幸啓記念」等の文字を始め前掲の如く左右側面に彫られてゐた文字は無く、代りに新しい台石の裏面に、左の如き移設の経緯を記した次の一文が彫られてゐる。

昭和三十三年第十三／回富山国体では新湊市が軟／式野球会場となりその折／昭和天皇皇后両陛下には／開会式に御臨席後放生津／保育園等を御視察なされま／した園ではこの感激を記／念すべく浄財を募りこの歌碑を建立されました／しかし風雪のため損傷／甚だしく「二千年とやま国／体」を期してこの貴重な／教育的財産を復元保存す／べく放生津城址に移設した／ものです

御歌は昭和天皇が新雪／きらめく立山の大観をお詠／みになったもので従三位
／松村謙三（元衆議院議員）／の染筆です
平成十二年十一月吉日／新湊市教育委員会
③旧碑の右側に在つた、幼児が大きな鳥と戯れてゐる像は今は無い。

みほとけにつかふる尼のはくくみにたのしく遊ふ子らの花その

建立地　富山市中布目二八二　社会福祉法人ルンビニ園構内
建立年月日　昭和三十四年十月
謹書者氏名　侍従入江相政
副碑碑文（銅板凹刻にて台石に嵌入）

本郡富南村霊眼寺住職谷口節道禅尼慈悲／心篤く終戦後薄幸の幼孤等多数を収容し／て　撫育教導に精進しルンビニ園と称して／苦心経営十有余年　恵風恩光遠近に及ぶ／昨年十月本県に於て第十三回国民体育大／会開催の際　天皇皇后両陛下特に御視察／激励の御製を賜ふ　光栄無上人天倶に感／嘆す　仍て行幸啓記念館建設の議を起し／浄財を募るや喜捨忽ち一百数十万円に上／る更に国県東京都共同募金会の援助を仰／ぎて工事を佐藤工業株式会社に託す同社／長亦義気を以て工を督し茲に鉄筋二階建／輪奐堅牢の館宇　完成を見るに至る　関係／者深く歓喜し本会顧問前上婦負事務所長／建守永治氏の終始　一貫奔走尽瘁の功労を／憶ふ　今や富南村民一同謀りて碑を寺域／内に建て入江侍従謹書の御製を刻し文を／余に需む乃ち来由を畧叙し以て記と爲す

昭和三十四年十月
社会福祉法人ルンビニ園後援会長
富山県上新川郡町村会長　内野信次撰

福光町八十四翁　吉波愷堂書

碑の裏面　　昭和三十四年十月建之／富南村

特記事項

ルンビニ園は孤児の養育を主とし、昭和二十二年一月二十二日に創立された。現在では時世を反映して離婚による養育不能等の者も居り、幼児より高校に達する者迄合せて約八十名を収容してゐる。

この御製は昭和三十三年第十三回国民体育大会秋季大会に行幸啓の砌、十月十九日に社会福祉法人「ルンビニ園」に御成りの折の御製である。「ルンビニ園」は戦後、戦災孤児を収容し、親代りに養育せんとの慈悲心から、当地（当時は上新川郡婦南村。今は富山市中布目）の霊眼寺住職谷口節道禅尼が創設した施設であるが、その後種々の家庭の事情に依り、養育不能の子供達をも収容するやうになつた。「ルンビニ」とはネパール南部タラーイ地方の地名で仏様の御誕生地と言ひ伝へられてゐる所。なほ『昭和天皇実録・第十二』には園長は「谷口乗麟」と記録されてゐる。

両陛下は谷口園長の「戦災孤児のお母さんになりたいと思ひ、お寺を開放したのがいつの間にか一般の孤児も収容するやうになりました」「周囲の暖かい援助で子供達は幸せを取り戻したやうです」等々の御報告に深く感動し給ひ、天皇陛下は「これからも一所懸命努力して、可哀想な子供達を助け、立派な社会事業をするやうに」との御言葉を賜つた。そして、遊戯をしたり絵本を見たりしてゐる子供達を御覧遊ばして、施設内をお回りなつて、二階の中学生、高校生の所へお回りの為、階段を昇られた時に、皇后陛下に「お母さん」と呼び掛けた子がゐた。それは父は亡くなり、母は病気といふ寂しい環境に育つた七歳の子であつた。皇后陛下は微笑み給ひ、二、三段昇りかけた階段を降りて、慈愛に満ちた眼差しでその子を見つめられたのであるが、それは正に「国母《こくぼ》陛下——国民全体の母親であらせられる皇后陛下」の尊くもお優しいお姿であつた。そして、中学生、高校生には、天皇陛下は「勉強して立派な人になるやうに」、皇后陛下は「体を大事に」と励まされたのである。皇后陛下（香淳皇后）は昭和三十一年に「福祉事業」の御題にて「母とよびわれによりくる幼な子のさちをいのりてかしらなでやる」とお詠み遊ばされた。皇后陛下は正に「国母《こくぼ》陛下《へいか》」（後の「註」参照）にあらせられる。なほ、その後昭和五十八年十月三日には当時の皇太子同妃両殿下（現在の上皇上皇后両陛下）が御成りになつてをられる。

ルンビニ園ではこの行幸啓を永く記念すべく、翌昭和三十四年浄財を仰いで行幸啓記念館を建設し、さらに御製碑を建立した。御製碑には「みほとけにつかふる尼のはくくみにたのしく遊ふ子らの花その」と刻まれてをり、この用字について言へば前記『昭和天皇実録・第十二』には「御ほとけにつかふる尼のはぐくみにたのしく遊ぶ子らの花園」と記録されてゐる。

註・「国母陛下」は古くは、天皇の御生母たる皇太后を申し上げたが、今は「国民の母」といふ意味で、皇后をも申し上げるやうになつた。

秋ふかき夜の海はらにいさり火のひかりのあまたつらなれる見ゆ

建立地　氷見市朝日本町　朝日山公園の一角、譽一山荘の近く

建立年月日　昭和三十四年十月二十一日

謹書者氏名　侍従入江相政

（碑の裏面）　昭和三十三年十月二十一日、第十三回國民体育大會に際し、天皇皇后両陛下当市へ行幸啓の折、御宿所譽一山荘においてよまれた御製をなか《ママ》く記念する

ためこの碑を建立する。
昭和三十四年十月二十一日
氷見市長　片折　十次郎

建立者　氷見市

特記事項

昭和三十三年第十三回国民体育大会秋季大会に行幸啓の砌、十月二十一日の行在所《あんざいしょ》（註・天皇が行幸先にてお泊り遊ばす所。「行宮《あんぐう》」とも称される）となつた氷見市の譽一山荘より、夜の海に漁をする漁船の灯《あかり》を望み給ひし御製である。この御製には「氷見の宿」の御題が付けられてゐるが、昭和三十四年その「氷見の宿」に近い、神武天皇御尊像の前方、やや低くなつた所の泉水の傍にこの御製碑が建立された。

三千メートル級の立山連峰を始め、多くの山々に囲まれた富山湾は、水深千メートルを超える湾でもある。山の最高部と湾の最深部との高低差は四千メートル余、然もその間の直線距離は最短と思はれる早月川河口あたり迄は凡そ三十キロメートル。湾の所々にはまるで「あゐがめ」（藍甕《あゐがめ》・染料の藍を貯蔵する甕）のやうに急に深くなつてゐる所もあり、その湾に流れ込む水量豊富な七大河川等々のお蔭で魚の餌となるプランクトンも多く発生し、「天然の生簀《いけす》」とも称されてゐる。その為漁場としては絶好の環境と言はれてをり、氷見、新湊、魚津等全国的にも有名な漁港の多い所以である。この御製には「秋深き夜の海」そして「いさり火」とあるので、これは氷見沖の烏賊漁の様子を天覧遊ばされての玉詠であらう。用字に就いて言へば『あけほの集』にはこの御製の第二句が「夜の海はらに」ではなく「夜の海原に」となつてゐる。

くれなゐにそめはしめたるやまあひをなかるゝ水のきよくもあるかな

建立地　下新川郡宇奈月町　温泉街にある宇奈月公園の一角

建立年月日　昭和三十八年五月二十五日
謹書者氏名　侍従入江相政
（碑の裏面）　昭和三十八年五月廿五日建之
開湯四十周年記念
宇奈月町長　仝観光協會長河内則一
建立者　宇奈月町・宇奈月町観光協會
特記事項

この御製は、「宇奈月の宿より黒部川を望む」との詞書《ことばがき》（和歌で、その歌を詠んだ日時や背景等を記した前書）があるやうに、昭和三十三年第十三回国民体育大会秋季大会に行幸啓の砌、十月二十日の行在所となつた宇奈月温泉の宿「延樂」よりの絶景を詠ませ給ひし御製である。後述の如く、宇奈月御到着は夕刻であつたので、お詠み遊ばしたのは翌二十一日の朝のことであらうと拝察される。

折柄宇奈月の山々は錦秋《きんしう》（紅葉が錦を織り成したやうに色鮮やか）も愈々始まらうかといふ季節。お召車は奉迎の旗の波を縫ふやうに進み、午後四時三十五分温泉郷の行在所に入り、両陛下の御安着を告げる花火が町民の感激と喜びそのままに黒部の清流の両岸に谺《こだま》したのである。

午後七時半、行在所の対岸では奉迎の花火が始まつた。星空をあざむくばかりに尺玉が入り乱れて花開き、川面には「奉迎」等々の仕掛け花火が清流に煌《きら》めき、その頃、町民千五百人余の奉迎提灯行列も行はれ、ブラスバンドを先立てて行在所に到着。両陛下はバルコニーに御出ましになり、町民の真心溢れる奉迎に応へ給うたのである。

信越国境鷲羽岳《わしばだけ》（標高二千九百二十四メートル）と、祖父岳《ぢぢだけ》（標高二千八百二十五メートル）との間に源を発する黒部川は、流路凡そ八十五キロの八割が深山幽谷である。為に、その高低差と豊富な水量とを利用して「クロヨン（黒四）」に代表されるダムが多く設けられてをり、素より水質は清らかで、下流に至つても名水百選の一つに数へられる「黒部川湧水群」があるくらゐで、玉詠に「流るる水の清くもあるかな」と詠ませ給ひし所以であらう。

昭和三十八年に宇奈月温泉は開湯四十周年を迎へ、その記念に御製碑が建立されたのである。なほ、前回『富山縣の今上陛下御製碑』の編纂（昭和六十年）の際の調査では御製碑の台座には何も書かれてゐなかつたが、今回本書の編纂に際して、令和二年四月に改めて現地調査をせる処、その台座に「昭和天皇御製碑」と刻んだ立派な石が新たに嵌め込まれてゐた。

頼成もみとりの岡になれかしと杉うゑにけりひと〳〵とともに

建立地　砺波市頼成《らんじゃう》　富山県民公園頼成の森の一角
建立年月日　昭和四十四年秋
謹書者氏名　侍従次長　入江相政

副碑碑文

昭和四十四年五月二十六日　こ／こ頼成の地で全國植樹祭を開催し／天皇皇后両陛下には一万有余の国／民とともにスギ苗をご植樹になり／御製を賜った

われわれ県民は御心を国土緑化の銘／とし　これを碑に勒す

昭和四十四年秋

富山県知事　吉田實謹書

建立者　富山県

特記事項

本県に於て第二十回国土緑化大会（註・この第二十回迄が「国土緑化大会」で、第二十一回から現行の「全国植樹祭」が正式名称となつた。なほ本県のこの大会は「四十四年植樹行事ならびに国土緑化大会」と称された）が開催されたのは昭和四十四年五月二十六日のことであつた。両陛下の本県への御成りは三十三年の国民体育大会以来実に十一年ぶりであり、二十四日東京を御発輦、二十五日は県内各所を御視察、二十六日愈々砺波市頼成山を会場に植樹祭が挙行されたのである。

当日は風やや強く晴時々曇、時に小雨。植樹には都合の良い日となり、一万二千六百名の参加者は午前十時より緑化功労者の表彰等の国土緑化大会を開催、午前十一時お召車会場入口に到着、花火が高らかに両陛下の着御を告げ、植樹行事が始まつた。まづ全参加者による国歌斉唱、次に天皇陛下より御言葉を賜り、愈々お手植ゑ。両陛下は立山杉、ぼか杉、増山杉をそれぞれ一本、「森」の形になるやうにしてお手植ゑ遊ばされた。そして次に一万二千六百名の参加者の手により一万五千本の苗木が六ヘクタールの会場に植ゑられ、両陛下はこれを頼母しげに御覧になられたのである。『昭和天皇実録・第十四』に依れば今回植樹行事に於て初めて「お言葉」を述べられた由である。

「全国植樹祭」には毎回その大会のテーマが掲げられてをり、この第二十回大会のテーマは「低質広葉樹の高度利用と拡大造林の推進」であつた。過去十九回の大会では殆どが松の類で、桧が四回、杉は三回で、今回の富山県で杉は四回目となつた。平成の御代になつてからは桜、山法師等の樹種も見られ、また、昭和二十五年第一回の山梨県大会のテーマは「荒廃地造林」で、以下第二十回の富山県大会迄はそのテーマの殆どに「造林」の二文字が見られ、正に、大御心を戴いて、戦後復興に邁進せんとする先人の息吹が伝はつて来るやうである。

『昭和天皇実録・第十四』には第五句は「人々とともに」と記録されてゐる。

頼成の森では御手植杉を始め木々は大きく育ち、両陛下の御手植杉の側にはその成長を示す掲示板が設けられてゐる。令和二年五月に現地調査を行つた際の、その掲示板の昭和天皇の御手植杉の生長記録に依れば、令和元年五月現在「ボカスギ／樹高二十五・三メートル、胸高直径四十八・〇センチ。タテヤマスギ／樹高二十四・四メートル、胸高直径四十六・二センチ。マスヤマスギ／樹高二十・一メートル、胸高直径三十・五センチ」である。

この全国植樹祭の発祥の地は実に富山県である。第二十回国土緑化大会の年昭和四十四年の「みんなの県政」中の「両陛下と植樹」中の次のやうな記事を抄録する。

昭和二十二年十一月の北陸御巡幸の際、城端で木炭の出荷状況を御視察になりました。この時陛下は、木を伐り出したあとの植樹について心配され、御質問になりました。そこで当時の知事の故舘哲二氏が、この際全県的な植樹運動を展開して、陛下の御質問におこたえしたいと、お手植えをお願いしました。ところが、戦前は、天皇陛下がみずからお手植えになるという例はなかったそうです。というのは、お手植えの木が枯れたりすると、管理者が責任を問われるということをお耳にされたからです。しかし、戦後はそんなこん《ママ》もないだろうし、国土緑化の役に立つのならと快く御承諾下さいました。
かやうな経緯があつて、以下は『富山県行幸記録』に載る由であるが本書は『細入村史・上』（平成元年刊）からの孫引である。

（昭和二十二年）十一月一日、本県御巡幸の三日目である。秋晴れの朝陽は燦然として中越の山河を照らして居る。夜を徹して切り開いた土地の潤いも、未だ乾かぬ露けさである。

道路の下の田圃には部落の老若男女が数百人集まって奉迎して居る。午前十時五十六分、楡原寮御視察の帰途、此の古坂山下の県道で自動車ろ簿が停止した。陛下は御召車より御身軽に出でさせられた。お待ち申し上げて居た細入村長水越梅太郎氏の御先導で、にわか造りの急坂をお登りになった。植樹の場所には前澤善作氏、福田宗作氏、金田金治氏が準備を整えてお待ち申し上げて居た。陛下は徐かに（註・「徐《おもむろ》に」の誤植か、或は「徐《ゆるや》かに」か）お鍬を手に執らせられ、緑色濃きすこやかな杉苗三本を七尺ばかりの距離に植込んで黒土をかけさせられた。そして前澤善作氏のお側近くに寄らせられて「植林をやって居りますかね」と御下問があったので、前澤氏は謹んで「はい、植林をして居ります」と奉答すると、重ねて「どうか今後も植林をして下さいね」と御激励を賜った。之に応じて「はい、将来身命を捧げて植林に努め、陛下の御思召に副い奉りたいと存じます」と申し上げたが、半ばは感極まって咽ぶが如くであった。

陛下はお慈しみの眼を注がせられながら、もとの急坂をお下りになった。道路下の部落民は、万歳万歳を連呼して、奉送会の至誠を呈すれば、お帽子を振って御会釈を賜りつつ御乗車になった。時に午前十一時三分であった。

と、正に全国植樹祭発祥の時の、感動の記録である。

水きよき池のほとりにわか夢のかなひたるかもみずばしょうさく

建立地　東砺波郡（現南砺市）城端町　縄ヶ池々畔

謹書者　侍従入江相政

（注・入江氏は昭和四十四年に侍従長となつてゐる。この御製碑は同四十六年建立であるが謹書はそれ以前であつたと思はれる）

副碑碑文

昭和四十四年五月二十六日、頼成山の全国植樹祭のみぎり、天皇皇后両陛下には、こゝ縄ヶ池みずばしょう群生地に御成り、池畔を御散策遊ばされた。その折の御製を記念として碑に勒する。

昭和四十六年春

城端町長　天富直次謹書

建立者　城端町

特記事項

御製集『あけほの集』（昭和四十九年刊）『おほうなばら』（平成二年刊）にはこの御製、「水きよき池の邊にわが夢のかなひたるかもみづばせを咲く」とある。この仮名遣ひの相違に関しては恐れながら次のやうに拝察申上げるものである。

縄ケ池に御成りの翌年昭和四十五年元日の各新聞紙上に宮内庁から発表されたこの御製は

「みずばしょう」の形で表記された。そして翌年この御製碑建立の際、宮内庁発表の「みずばしょう」の形で入江侍従が謹書した。その後昭和四十九年四月、『天皇皇后両陛下歌集あけほの集』が刊行され。それには「みづばせを」の形で表記された。この点に就いては廣瀬誠富山県立図書館長の論考を、昭和天皇の御在位六十年記念出版『富山縣の今上陛下御製碑』より一部転載しよう。

陛下は植物學者として『那須の植物』『伊豆須崎の植物』等を著述されたが、その中では、學界の通例に從ひ、植物名は現代假名遣・片假名書きで表記された。一方、御製に於いては常に正假名遣をお用ゐなされてゐる。

この御製、當初は植物學者として、學界通用の「ミズバショウ」をそのまま平假名にして表記されたが、後、歌集『あけほの集』を御刊行になる際、正假名遣に御直しになつたのではなからうかと、恐れながら拜察申上げるのである。

これが正鵠を射た論考であらう。

『大言海』には「芭蕉」の項目に【「ばせうバ‐ショウ】元は清音、はせをナリ。（中略）古ク、ハセヲ。ハセヲバ】とあり、俳人芭蕉の署名に「はせを」があるやうに、歴史的仮名遣に「は（ば）せう」「は（ば）せを」の二通りがある訳である。宮内庁の最初の発表と、後の御歌集との表記に異同が見られるが、その点に関する編著者の考へは本章の冒頭「立山の御歌」の「註」（五十二頁）の項を御参照頂きたい。

この御製は『昭和天皇実録・第十四』には「水きよき池の辺《ほとり》にわがゆめのかなひたるかもみづばせを咲く」と記録されてゐる。

はてもなき礪波のひろの杉むらにとりかこまるゝ家々の見ゆ

建立地　東砺波郡（現南砺市）城端町、縄ヶ池の手前凡そ一キロメートルの広場の一角

建立年月日　昭和四十六年五月

謹書者　皇室経済主管並木四郎

（碑の裏面）天皇陛下には、昭和四十四年全国植樹祭のため本県下に行幸のおり、この地からご展望になつた散居村が深くお心にとまり、今春歌会始め《ママ》の儀に、お題「家」にちなんでその風情をお詠みになった。これを記念にきざむ。

昭和四十六年五月

砺波広域圏事務組合理事長　川邊俊雄謹書

特記事項

昭和四十四年五月二十六日頼成山の植樹行事にてお手植ゑの後、両陛下は非公式の日程として城端の縄ヶ池の水芭蕉群生地に御成り、散策遊ばされた。「はてもなき」の御製はその途次の光景を詠み給ひし御製である。この御製を刻んだ御製碑は縄ヶ池の手前、約一キロメートルの見晴しの好い広場の一角に建立されてゐる。

「散居村」と言ふのは読んで字の如く「散らばつて居住する村」のことである。農家はそれぞれ自分の家の周囲の農地を耕作してゐる為、碁石を散らしたやうに隣家が遠くに在る村落形態となつてゐて、それぞれの家は雪や風や暑さから家を守る為の屋敷林《「カイニフ（かいにゅう）」或は「カイニョ」とも言はれる》に囲まれてゐる。このやうな村落形態となつた要因として、扇状地の未開拓地を開くにあたつては、その扇状地の中でも比較的にやや高い、耕土の厚い所を選んで住居を定め、その周囲を開いていつた。その場合、水の豊かな扇状地のため、何処でも容易に水を引くことが可能で、地形的な制約が無かつたので、家々は散らばり、それぞれの周囲を耕作するやうになつたのである。このやうな形態は斐川平野（島根県）、大井川扇状地（静岡県）、十勝平野（北海道）などでも見られ、その規模はここ砺波平野（散居村地帯の広さ約二百二十平方キロ、戸数約七千戸）が最も典型的と言はれてゐる。なほ、外国では米国、カナダ、英国、フランス、台湾、シナ・中国大陸にも似たやうな例が有る由である。

「カイニフ」の樹種は昭和十七年四月九日付の「かいにふ立木伐採による軍需用材供出についての通牒」に依れば、すぎ、ひのき、さはら、まつ、もみ、つが（とが）、けやき、えのき等が挙げられてゐる。「カイニフ」は軍需用は別格として、嘗ては枝は炊事や風呂の燃料に、材木は新・改築の資材等に利用されてゐたが、近年に至り生活形態の変化に依り、その維持管理が困難な場面も生じてきてゐる。

立山の空にそびゆる雄々しさにならへとぞ思ふ御代の姿も

建立地　上新川郡（現富山市）大山町小見小学校々庭
建立年月日　昭和五十八年十二月十日
謹書者氏名　大山町長池田博

（碑の裏面）　昭和五十八年十二月十日／大山町立小見小学校新築落成・大山町立小見小学校創校百十周年記念／小見小学校々下一同

特記事項

前項にある如く、小見小学校の記念すべき年を迎へて、校下住民一同が、子供達が御製の大御心を心として、立派に成長するやうにとの願ひを籠めて建立したものであり、放生津保育園（現在は放生津城址）の御製碑と並び子女の教育に資すること洵に大なりと言ふべきである。

たくみらもいとなむ人もたすけあひてさかゆくすがたたのもしと見る

建立地　黒部市吉田二〇〇　吉田工業株式会社黒部工場構内
建立年月日　昭和五十九年五月佳日
謹書者氏名　侍従長入江相政
(碑の裏面)　創業五十周年記念碑
当社は昭和九年一月一日、東京日本橋蠣殻町にサンエス商会として創業されました。爾来「善の巡環」の企業精神のもと、労使が一心同体となって歩み続けてまいりました。昭和三十三年十月二十日、天皇皇后両陛下が当社黒部工場に行幸啓の折、吉田社長より経営の姿をご説明申し上げましたところ、畏くも表記の御製をお詠み遊ばされました。私達はこの御心を励みとしてまいりましたが、更により一層和衷協力、世界の平和と人類社会の繁栄に貢献すべく、決意を新たにしております。創業五十周年にあたり、この誓いを永遠に伝えるため、ここに謹んで記念碑を建立いたします。

昭和五十九年五月佳日

吉田工業株式会社

社員一同

特記事項

ここに特記すべきは、この御製碑は労働組合の手によつて建てられたと云ふことである。即ち同社は昭和五十九年、創業五十周年を迎へた。この折、会社の手により種々の記念式典、記念の建築等が行はれたが、それとは別に、労働組合の提唱により、社員一同として何か会社に記念の物を贈ること丶なり、この御製碑を建立することとした由である。因みに、行幸啓当時は牧野工場しかなく、そこを黒部工場と称してゐたのであり、昭和三十三年第十三回国民体育大会秋季大会に行幸啓の折の十月二十日、両陛下はそこへ御成りになつた。

元々の御製碑は当時黒部工場と称してゐた現在の牧野工場に建つてゐたのであるが、社業の拡大と共に社屋、工場棟等、構内諸施設には大幅な改変が実施され、現在は最初に建立された社長名の御製碑は格納されてゐるやうである。社員一同名のこの御製碑も当初の建立場所から管理棟近くの芝生上に移設されてゐる。

戦時中の反動もあつてか、昭和二、三十年代の頃には殊更資本家、労働者を峻別し、前者を悪玉、後者を善玉と単純とも言ふべき色分けをして、徒に反目を煽る風潮があつた。そんな社会の中に在つても、同じ日本人同士として経営者、労働者それぞれの立場、特質を活かし合ひ協力し合つて、戦争で疲弊した祖国の再建に貢献し、企業も繁栄し自分達も幸せになろうと、地道に共々に頭脳を絞り額に汗する人達も大勢ゐたのである。ＹＫＫも経営者、従業員一体となり自社の儲けのみを追求するのではなく、もつと高い次元の「世の為、人の為」を考へる経営を実践してゐた。

昭和天皇は「大東亜戦争終結の詔書」の一節に「宜シク、挙国一家、子孫相伝へ、確《かた》ク神州ノ不滅ヲ信シ、任重クシテ道遠キヲ念《おも》ヒ、総力ヲ将来ノ建設ニ傾ケ、道義ヲ篤《あつ》クシ、志操ヲ鞏《かた》クシ、誓テ国体ノ精華ヲ発揚シ、世界ノ進運ニ後《おく》レサラムコトヲ期スヘシ」（編著者意訳――国中が一つの家族として、子孫にも伝へ、神々の国日本は絶対に滅びない事を確りと信じて、背に負ふ荷物は重く、行くべき道は遠いと、責任と使命とを自覚して、持てる力の総てを将来の国造りに傾け、倫理道徳を大切にし、嘘偽りや浮ついた心に流れる事無く、必ずや、純粋で麗しい日本の国柄を振ひ起こし、日に日に進み行く世界の動きに後れをとらないやうにしなければなりません）と国民をお諭しになられた。大多数の国民は、このやうな大御心《おほみこころ》（天皇の尊いお考へ）にお応へ申し上げるべく、戦後の復興に奮励努力を重ねてゐたのである。

「大東亜戦争終結の詔書」には「（朕ハ）常ニ爾臣民《なんぢ》ト共ニ在リ」の一節もある。昭和天皇は昭和二十四年五月二十九日九州御巡幸の砌、作業服をお召しになり三池炭鉱の地底千五百メートル、最前線の切羽に粉塵をものともせず玉歩を運ばせ給ひ御視察、その帰途には職員組合長、労働組合長にも慰労、激励の御言葉を賜つた。この富山県行幸啓の砌にも御視察遊ばされたＹＫＫ始め各工場、事業所では必ず労働組合の代表者にも御言葉を賜つたのであった。正に御身を以て「終戦の詔勅」を実践してをられたのである。

なほ、『昭和天皇実録・第十二』には、この御製は「たくみらも営む人もたすけあひてさかゆくすがたたのもしとみる」と記録されてをり『あけほの集』にもそのやうになつてゐる。

天地の神にぞいのる朝なぎの海のごとくに波たたぬ世を

（碑の正面には御製の他に、左の四行の文字も刻まれてゐる）

天皇陛下御在位六十年奉祝記念

御製　朝海

昭和六十年四月二十九日
神社本廳長老　明治神宮宮司　高澤信一郎謹書

建立地　氷見市中央町　日宮神社拝殿前

建立年月日　昭和六十年四月二十九日

（碑の裏面）　神職身分二級昇進記念　宮司　氷見淳夫

特記事項
日寿會寄進（注・会員約二十名の姓名列記あり）

この御製は昭和八年、歌会始の折「朝海」の題下に御発表あらせられた御製であり、『昭和天皇実録・第六』には「天地の神にそいのる朝なきの海のことくに波た丶ぬ世を」と記録され、『あけほの集』には初句は「あめつち」と平仮名になつてゐる。

この御製には、昭和十五年、紀元二千六百年記念式典の際、宮内省楽部楽長多忠朝により謹作曲、謹振付がなされ、「浦安の舞」と称される巫女の荘重典雅な舞はその優婉なる曲と相俟つて、宇内の平安を祈念し給ふ大御心を能く表現してをり、今に至るも全国津々浦々の神社に承け継がれてゐる。

ふる雨もいとはできそふ北國の少女らのすがた若くすがしも

建立地　小矢部市城山町　城山公園の一角

副碑碑文

昭和三十三年第十三回国民体育大会が富山県において開催のみぎり／天皇皇后両陛下には十月二十二日／当市へ行幸啓になりホッケー競技／一般女子の熱戦を御観戦遊ばされた／その折の御製をながく記念するため／この碑を建立する

昭和六十二年十一月／寄贈者／福井市　中川六朗

建立年月日　昭和六十二年十一月二十八日

謹書者氏名　侍従長入江相政

建立者　小矢部市長　松本正雄、敦賀セメント相談役　中川六朗

建立経緯

昭和三十三年、富山県に於ける第十三回国民体育大会の折、当時の石動小学校運動場がホッケー競技の会場となつた。昭和天皇はここに於て女子ホッケー競技を天覧、この御製をお詠み遊ばされた。この御製碑は、早くより建立が待たれてゐたものの種々の事情（謹書者入江侍従長竝に、当時の小矢部市長の相次ぐ急逝）により延引してゐたが、御製碑建立の費用二百三十万円の寄付を約束してゐた当市出身の敦賀セメント相談役中川六朗

氏の関係者から、「本人が元気なうちに建てて欲しい」と依頼があり急遽実現することとなつた。昭和六十二年、富山県ホッケー協会創立三十周年を迎へたことと相俟つて、嘗てのホッケー競技の会場に隣接する城山公園の一角、消防神社の近くに建立された。

わが國のたちなほり來し年々にあけぼのすぎの木はのびにけり

建立地　富山市大沢野町寺町　寺家《じけ》公園の一角

御製碑裏面の碑文

郷土の自然環境保持と植物愛護の思想を涵養するため植物学にもご造詣の深かった昭和天皇の昭和六十二年御歌会始の御製を刻し永く当地に遺したく宮内庁の許可を得、時の郵政大臣片岡清一氏に揮毫を依頼しこのたび町の景勝の地寺家公園を選び建碑の運びに至った（他に建立年月日、建立団体名、委員、世話人七十四名の氏名が列記されてゐる）。

なほ、この碑面裏の碑文には「揮毫」とあるが、正面の本人自身の筆には「謹書」とある。

建立年月日　平成四年七月

謹書者氏名　郵政大臣片岡清一

建立者　寺家公園風致保存会、御製碑建立委員会

立山の空に聳ゆるををしさにならへとぞ思ふみよのすがたも

建立地　中新川郡立山町岩峅寺　雄山神社前立社壇境内

建立者　御製碑の裏面に左記の建立年月と関係者四名の氏名が刻まれてゐる。

建立年月日　平成四年九月仲秋

謹書者　明治神宮名誉宮司高澤信一郎

特記事項

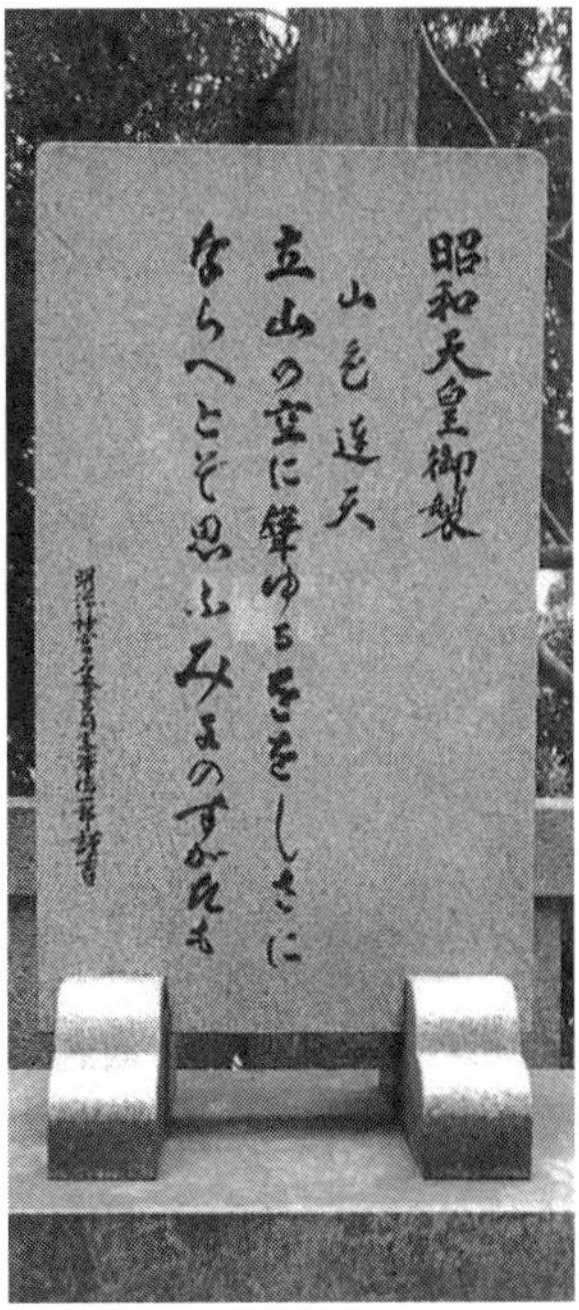

この御製碑の建立の経緯に関しては、同神社の幹部神職もよく分らない由である。

県庁の屋上にしてこの町の立ちなほりたる姿をぞ見る

建立地　富山市新総曲輪一番七号　富山県庁本館屋上庭園内

建立年月日　平成二十七年八月十七日

謹書者　碑にも説明板にも氏名は書かれてゐない。但し後掲の海王丸パーク並びに桃山運動公園に建立されてゐる、上皇陛下御製碑の筆蹟と同一であり、石井隆一知事の謹書と思はれる。

建立者　富山県

副碑碑文

（横書）表題「昭和天皇御製」

昭和天皇は、昭和22年、戦後の御巡幸として富山県に／行幸の際、県庁舎の屋上から富山市街をご覧になりました。

その11年後、昭和天皇並びに香淳皇后には、第13回国民／体育大会秋季大会御臨場のため、昭和33年10月18日から／5日間、富山県に行幸啓になりました。
19日午前には、県庁舎の屋上で、県都の復興した様子と／ともに、立山連峰や呉羽山丘陵をご覧になりました。
県都がみちがえるような近代的な都市となって復興した／様子を詠まれた昭和天皇のこの御製は、翌年1月1日に発表されました。

特記事項

大東亜戦争も終局の様相を濃くしてゐた昭和二十年八月二日未明、富山市はアメリカ空軍爆撃機百数十機による空襲を受けた。一般市民の居住地に対するこのやうな爆撃は明らかなる戦時国際法違反の暴挙であり、暴戻なるアメリカは日本全国の都市に対してこの暴挙を繰返してゐたのである。

この空襲は生半可なものではなかつた。広島、長崎への原爆投下を除けば地方都市への空襲としては最も大規模なもので、被災人口は十一万人に近く、その中死者は二千七百人余、負傷者約八千人、そして大小約二万五千のビルや家屋が焼き払はれ、僅かに被災を免れたのは主な建物としては富山県庁（一部焼失）、電気ビル（一部焼失）や富山警察署、大和百貨店、NHK等だけであつた。そして死者の遺体の中には富山湾内数十キロを隔てた雨晴の浜の辺りにまで流れ着いたものまで有り、そこでは今も慰霊の行事が続けられてゐる。

昭和天皇はこれら惨禍を蒙つた国民に深く思ひを致され、戦中の二十年三月十八日には都内の被災地を視察された。そして戦後昭和二十一年二月、神奈川県の川崎、横浜両市の被災地を訪ねられたのを皮切りに、愈々全国を訪ね、敗戦の痛手に苦しむ国民を、御親《おんみづか》ら慰問、激励しようと御決意遊ばされたのであつた。かうして昭和二十九年の北海道を最後に、当時も猶アメリカの占領下にあつた沖縄を除く千四百十一箇所、総行程三万三千キロに及ぶ御巡幸を果たされたのである。この天皇陛下の尊い大御心と、これに応《こた》へ奉《たてまつ》らんとする国民の真心、これこそが正に日本の戦後復興の原点、原動力であつたのである。

富山県への御巡幸は昭和二十二年十月三十日、お召列車は石川県から倶利伽羅トンネルを越えて高岡へ、そしてオープンカーにて富山市へ。会場の神通中学校では五万人の市民が奉迎、一同「立山の空にそびゆる雄々しさに」と熱唱、感涙に咽びつつ万歳を叫んだ、そしてその折、焼け残つてゐた富山県庁を行在所《あんざいしょ》とされたのである。富山県内御巡幸の三日目十一月一日、細入村にて立山杉をお手植ゑ（これが後の全国植樹祭の原点となつた事は「頼成も」の御製碑の項にて既述の通りである）、この夜、県民による奉迎夜会が県庁前広場にて挙行され、麦屋節、おわら節等の郷土芸能を始め、県民挙げてあらん限りの至誠を以て奉迎申し上げた。陛下は行在所の窓を開け放つて数々の奉迎の様子を天覧し給ひ、最後は一同による国歌「君が代」の大合唱、尾山富山市長が万歳三唱の音頭をとつた時、天皇陛下がバルコニーに御出ましになり県民の熱誠にお応へになつた。この御出ましに感激した市長は土下座、知事と相擁して号泣したのであつた。

この御製は昭和三十三年国民体育大会に行幸啓の砌に、県庁庁舎屋上より、昭和二十二年の御巡幸の時とは打つて変つた富山市内の力強い復興の様を天覧遊ばしての、お喜びの「国《くに》見《み》」（高い所からその地の情勢を見給ふこと）の御製なのであります。

富山城本丸跡に在つた旧県庁舎は昭和五年に火災により焼失。これが復興の為設計顧問に国会議事堂等を設計した当時の大蔵省営繕管財局工務部長大熊喜邦を迎へ、新しい庁舎は昭和十年八月に竣功したのである。この富山県庁本館はその輪奐宏壮を称へられ、平成二十七年三月国登録有形文化財に登録されたのである。この年は県庁庁舎竣功八十周年と言ふ廉有る年でもあるので之を記念して屋上に庭園が造成された。

嘗て昭和天皇が戦後の全国巡幸にて富山市に行幸あらせられた昭和二十二年には焼野が原であつた富山の町並が、十一年後の昭和三十三年、第十三回国民体育大会に臨御の砌、県庁本館屋上より国見し給ひし時に、立派に復興を遂げてゐる事を喜び給うたこの御製「県庁の屋上にして」を謹刻した御製碑をその庭園のほぼ中央に建立したものである。因みに平成二年宮内庁侍従職編『おほうなばら―昭和天皇御製集』等には「富山市の復興」といふ題が附けられてゐる。

実は昭和二十二年行幸の折には、当時一部焼失はしてゐたものの、大部分が焼け残つてゐた県庁本館が行在所とされたのであつた。従つて、昭和天皇と富山県庁庁舎とは所縁甚だ浅からず、廉ある年に「富山市の復興」の御製碑がその屋上に建立されたのは真に有意義な記念事業であつた。

なほ、この御製碑建立時点の平成二十七年の時点にて、富山県内に建立されてゐる昭和天皇御製碑は合計十六基を数へることとなつた。これは都道府県別で見た場合、昭和天皇御製碑の数としては全国第一位であらう。

補遺

昭和天皇が富山県にて詠ませ給ひし御製の中で、御製碑の建立を見てゐない御製が二首ある。御製碑とはなつてゐないとは言へ、省くに忍びずこの二首の御製を当時の北日本新聞の記事等を参考にして記録しておく。

ときどきの雨ふるなかを若人の足なみそろへ進むををしさ

昭和三十三年十月十九日から二十三日の五日間に亘り、天皇皇后両陛下の行幸啓を仰ぎ奉り、第十三回国民体育大会秋季大会が富山県内各地を会場に挙行された。本大会には当時の四十六都道府県を始め、復帰前の沖縄から、また、初参加のブラジルからも合せて、総勢一万四千名の選手団が参加したのである。

両陛下は十八日午前九時半皇居御出門、午後六時半お召列車は秋雨けぶる富山駅に湧き上がる「万歳」の声の中に御到着。富山県警音楽隊の国歌吹奏裡に、菊花御紋章の金色燦然たる小豆色のお召車に御乗車。駅構内から本日の行在所電気ビルホテルの間には、四万五千名の県民が日の丸の小旗を打ち振り、万歳を連呼して奉迎申し上げたのである。

十九日はまづ県庁にて吉田知事に県政の概況、特に「稲の作柄」「富山県の結核患者が激減したさうであるが、それはどうしてか」「立山、黒部の自然保護」に就いて御下問（お聞き質《ただ》しになる）。知事は「収量予想は百八十万石から二百万石」「特に農家に台所改善を呼び掛けたのが効果的」「高山動植物保護に腐心するも、不心得な登山者もをり困つてゐます」と奉答申し上げた。次いで屋上より国見遊ばされ、十一年前の一面の焼土から、今日ここまで復興した様子をお喜び遊ばされました。その折の御製が前述の「県庁の屋上にしてこの町の立ちなほりたる姿をぞ見る」である。これに引続き県庁庁舎内に特設された天覧室にて産業御奨励の思召しにより繊維、化学、医薬、機械、金属、銅器、漆器、農産、水産、木工、菓子、清酒等々縫針のやうな雑貨品に至るまで総数二百四十八点にのぼる品々を天覧。なほ、この後自治功労者等に謁を賜つたが、特に県遺族会の舘哲二会長以下十七名の遺族会役員は、両陛下より優渥《いうあく》（極めて懇ろ）なる御言葉を賜るの栄に浴したのである。

十時五十五分、両陛下は富山陸上競技場に着御。自衛隊中央音楽隊、県警音楽隊、県下中高校ブラスバンドと総勢五百名が勇壮なる楽の音と共に入場、「富山県民の歌」合唱、打上げ花火十発、十時五十八分、両陛下国歌吹奏裡に貴賓席に、そして立山の峰々に響けと高らかにファンファーレが鳴り渡り、開式宣告、愈々大選手団の入場行進が開始された。その行進の殿《しんがり》は富山県選手団六百五十七名。ワインレッドのウェアに純白のズボン。総員整列、吉田知事開会宣言があつて、聖火の最終走者岩川県体協副会長が聖火台に点火、国旗、聖炎旗掲揚、「若い力」合唱、文部大臣挨拶等があり、天皇陛下より御言葉を賜つた後、選手宣誓、この時七百羽の鳩、三千五百個の七色の風船が舞ひ上がり開会式の最後を見事に飾つたのである。この御製は、その折「ときどきの雨」をものともせず堂々溌溂たる行進を繰り広げる若人、次代を担ふ青年を見行《みそな》はして、その「ををしさ」を称へ給ひし御製なのである。

高だかとみねみね青く大空にそびえ立つ見ゆけふの朝けに

昭和三十三年十月、両陛下は国民体育大会に行幸啓遊ばされたが、その折に初日（十八日）と二日目（十九日）には富山市の電気ビルホテルが行在所となつた。

この御製には「立山連峰」の御題がつけられてゐるが、当時の天候の記録からすると恐らく二日目（十九日）の朝に電気ビルホテルのお部屋より遠く立山連峰を望み、詠み給ひし御製であらうと推察される。この日は日中には暫らく小雨も降つたやうであるが、朝は「天皇晴れ」の上天気であつた。大正十三年御成りの節は十一月で、当時は初めての御来県であり、新雪の白銀に輝く立山は一際御印象深くあらせられた事と拝察される次第である。二度目に当る戦後の御巡幸の砌には立山を詠み給ひし御製は拝されなかつたが、三度目のこの度は時季的には初回より二週間近く早く、冠雪はあつたであらうが、白銀に輝くといふ程ではなかつたものと推察される。立山は春夏秋冬、朝昼夕と、それぞれに時々刻々と変化しつつ雄大秀麗、観る者をして感嘆措く能はざらしめる、正に霊峰である。初回は摂政宮としての陸軍大演習統監、二度目は天皇として、国史未曾有の終戦間も無くの頃、そして今回は戦災から立ち直つた富山市内外の様子。それぞれの砌に、天空に聳え立つ立山連峰の雄姿を天覧遊ばしたのである。

なほ、この十九日には国民体育大会秋季大会開会式に臨御、その後の天覧、御視察の途次、富山縣護國神社にもお立ち寄りに相成り、昇殿の御親拝こそされなかつたものの、鳥居の内にて御拝礼、別途に神饌料御下賜の恩命があつたのである。

この夜、富山市児童クラブ協議会の児童、父兄を中心に「奉祝提灯行列」が行はれ、電気ビルホテル周辺は二万人余の市民が手に手に提灯を捧げ歓呼の声をあげて行進、沿道にも国民体育大会の選手や市民、県民数万人が溢れ出て熱狂的な奉祝奉迎風景が繰り広げられた。午後八時行列の先頭が電気ビルホテルにさしかかるや、両陛下は提灯を御手に四階バルコニーに御出まし、提灯を右に左に大きく振つてお応へを賜つたのである。お疲れの両陛下に配慮した宮内庁は当初御出ましは十五分間だけとしてゐたが、両陛下は行列の最後尾が着く迄、四十二分間バルコニーにお立ち遊ばして、最後に湧き上がつた「天皇陛下万歳」の大歓声にご満足げに大きくお応へあつて、漸くお部屋にお入りになられたのであつた。予定時間を大きく超えて御出まし戴いた事に恐懼《きょうく》（おそれ、かしこまる）した富川富山市長は、翌朝電気ビルに赴き侍従を通じて昨夜の長時間の御迷惑のお詫びを言上した処、昭和天皇は却つて、「疲れるどころか、老若男女を問はぬ熱誠籠る歓迎を嬉しく思ふ」旨の御言葉を伝へ給うたのであつた。

『昭和天皇実録・第十二』には前記「県庁の」の御製と並べて、この御製も記録されてゐる。

第五章　上皇陛下御製碑

荒潮のうなばらこえて船出せむ廣く見まはらむとつくにのさま

建立地 射水市（新湊）八幡町　放生津八幡宮境内

建立年月日 平成二年十一月十二日　平成御大典記念

謹書者 参議院議員永田良雄

建立者 放生津八幡宮氏子総代一同

特記事項

放生津八幡宮では大正の御大典以来、御代替り毎に数々の御大典記念事業が行はれて来た。平成の御代替りの折に記念事業の一環として、海に向つて開かれた新湊の更なる発展を願つてこの御製碑が建立されたのである。

上皇陛下は皇太子にましました昭和二十八年に英国女王戴冠式に御臨席、その砌には欧米各国巡啓をもなされた。この御製（御発表当時は「御歌」）は、その御出立に当つての御決意をお詠み遊ばされたもので、この年の歌会始の御題「船出」に御出詠あらせられた御歌である。そしてこの折の巡啓では「船出」の御歌の他に十四首の御歌をお詠みになられたが、その詞書には「英国女王陛下戴冠式参列のため渡英、引続き欧州諸国ならびに米国を訪問す。その折の歌　十四首」とある。

ではこの当時の巡啓の概略を『昭和天皇実録・第十一』に依り記録しておかう。

昭和二十七年九月七日、英国より女王戴冠式に天皇御名代差遣の正式要請があつた。そこで同年十一月七日、天皇御名代としての皇太子の差遣を閣議にて正式決定した。翌年の昭和二十八年二月五日の歌会始に御詠進遊ばされたのが、この御歌である。なほ、歌会始は例年一月に行はれるが、この年一月四日、昭和天皇の御弟宮秩父宮雍仁親王薨去のことあり、延期となつてゐたのである。

「廣く見まはらむとつくにのさま」の「とつくに」は次の国々等である。英国、フランス、スペイン、イタリア、ベルギー、オランダ、デンマーク、スウェーデン、ノルウェー、ドイツ、スイス、米国、カナダ（註・これは巡啓の順番ではなく、『昭和天皇実録・第十一』に記録された各国元首への御贈進品の記録等を参照したものである）。

十四首の中の「帰国」と題された二首の中の一首が「半年の旅より帰りいま望む雲の合間の日の本の土」といふ御歌である。

荒潮のうなばらこえて船出せむ廣く見まはらむとつくにのさま

（碑面には冒頭に「奉納」、御製の次に謹書者名が刻まれてゐる）

建立地　射水市（新湊）練合　神明宮境内

建立年月日　平成二年十一月十二日

謹書者　上海画院名誉会員青柳志郎

（ただし碑面には「謹書」ではなく「青柳志郎書」とだけ書かれてゐる）

碑の裏面

平成御大典記念／平成二年十一月十二日建之／奉賛者四十九名（含匿名五名）／世話人六名の氏名

註・同じ御製の碑が、同じやうな趣旨で、同じ日に、同一市内の、さう遠くない

所に建立されてゐる。ゆゑに編著者が先に目にした放生津八幡宮の御製碑を先に掲載した。

雪となり花とはなりて富山なる競技場埋め人ら踊れり

建立地　富山市南中田三六八番地　富山県総合運動公園陸上競技場の芝生の丘

御製
雪となり花とはなりて富山なる
競技場埋め人ら踊れり

建立年月日　平成十四年十月十三日

建立者　富山県御製碑建立委員会

謹書者氏名　富山県神社庁長藤井秀弘

（註・碑の裏面には「謹書者」ではなく「揮毫者」と刻まれてゐる。なほ、藤井神社庁長の名誉の為に附言すると、この御製碑の「建立除幕式の栞」の巻頭に御製碑に刻まれた文字の原本と思はれる写真が掲げられてゐるが、そこには明瞭に「富山県神社庁長藤井秀弘謹書」と書かれてゐる。但しこの部分は御製碑には彫られてゐない）

碑の裏面

御製碑建立誌

平成十二年十月、第五十五回国民体育大会（富山国体）が開催され、十三日夕県民皆様とともに富山城址公園にて奉迎申し上げました感激は忘れ難い処であります。

天皇陛下におかせられましては、平成十二年末、富山国体の様子をお詠みになられた御製を我が県にお示しいただき、富山県民は等しく感激恐懼の念を新たにいたしたのであります。

御製

雪となり花とはなりて富山なる競技場埋め人ら踊れり

この御製を今、拝唱《ママ》するに感激なほ新たなるを覚えるのでありますが、この深いよろこびを「御製碑」に込めて、皆様と共に分かち合ひ、さらには、後世の県民にも伝へようとの声が澎湃として上がり、「御製碑建立委員会」を結成し、ここに完成をみたのであります。

平成十四年十月十三日奉建

富山県御製碑建立委員会

会長　力示健藏／運営委員長　栂野守雄他一二〇名／碑石奉納者　富山大理石工業（株）／白川明吉／揮毫者　富山県神社庁長　藤井秀弘／奉賛者

今庄芳男他県民一同

深海の水もて育てしひらめの稚魚人らと放つ富山の海に

建立地　射水市　海王丸パークの一角
建立者　第三十五回全国豊かな海づくり大会富山県実行委員会

建立年月日　平成二十八年三月二十一日
謹書者　富山県知事石井隆一
副碑碑文
　平成二十七年十月二十五日、天皇皇后両陛下の御臨席を仰ぎ、第三十五回全国豊かな海づくり大会～富山大会～が開催されました。
　大会では豊かな海を願い、ここ海王丸パークで海上歓迎・放流行事を実施し、両陛下は富山湾の深層水で育てられたヒラメの稚魚を御放流になりました。この御製は、その情景をお詠みになったものです。
　この碑は、「海と森　つながる未来　命の輪」をテーマに開催した大会の意義を後世に伝え、美しい富山湾をはじめ、富山県の豊かな「森・川・海」の環境を、未来を担う子どもたちにつないでいくことを願い建立しました。
　平成二十八年三月
　　第三十五回全国豊かな海づくり大会／富山県実行委員会
　　　謹書者　富山県知事　石井隆一

無花粉のたてやますぎを植ゑにけり患ふ人のなきを願ひて

建立地　魚津市　桃山運動公園の一角

建立年月日　平成三十年三月二十一日

謹書者　富山県知事石井隆一

副碑碑文

御製（略）／平成二十九年五月二十八日　天皇皇后両陛下の御臨席を仰ぎ／「かがやいて　水・空・緑のハーモニー」をテーマに／第六十八回全国植樹祭を開催しました／富山湾や立山連峰が眺望できる　ここ魚津桃山運動公園に／多くの参加者が集い　天皇皇后両陛下は　本県が全国に先駆けて／開発した　花粉を全く飛ばさないタテヤマスギ（優良無花粉スギ／「立山森のかがやき」）などの苗木を　お手植えになり　また／エドヒガンなどの種子を　お手播きになりました／　この御製はタテヤマスギをお手植えになったときの情景を詠まれたものです／　本大会の開催により　森づくりと海づくりを一体的に捉えた／県民の活発な実践活動を　全国に発信することができました／全国植樹祭の意義を後世に伝え　本県の豊かな森を県民共通の／かけがえのない財産として　次世代へ継承していくことを誓い　／ここに御製碑を建立しました

平成三十年三月吉日／謹書者　富山県知事　石井隆一

特記事項

副碑に依り明らかなやうに平成二十九年五月二十八日ここ魚津市桃山運動公園を会場として第六十八回全国植樹祭が開催された。その折御手植ゑ遊ばされたのは富山県が開発した優良無花粉杉「立山　森のかがやき」であつた。両陛下（上皇上皇后両陛下）は花粉症に悩む人が無くなるやう、祈りを籠め給ひ、御手植ゑ遊ばされたのである。魚津市ではこの時の感動を末永く記念すべく建立地近くを流れる常願寺川の安山岩（高さ一・三メートル、幅二・三メートル）に、その砌に詠ませ給ひし表記の御製を謹刻したのである。なほ、御製碑建立に併せてこの御製碑を囲むやうにコシノヒガン等六種類の苗木が植ゑられた。

第六章　聖帝四代御製碑

平成二十五年十月四日、富山縣護國神社御創立百周年記念事業の一環として、明治天皇、大正天皇、昭和天皇、上皇陛下（建立当時は今上陛下）の御製、御製詩を通じて、国民、県民斉しく「雛まもる親鳥」の如き御姿を拝し奉るべく、一枚の大きな石に三首の御製、一首の御製詩を合せ謹刻して建立された。それは次の御製、御製詩である。碑の裏面には「建立の記」「奉賛者氏名」が刻まれてゐるが略す。

明治天皇御製（明治三十七年）

世とともに語りつたへよ國のため命をすてし人のいさをを

大正天皇御製詩（大正四年）

臨靖國神社大祭有作　靖國神社大祭ニ臨《のぞ》ミテ作有リ
武夫重義不辭危　武夫《もののふ》義ヲ重ンジテ危《あやふ》キヲ辞《じ》セズ
想汝從戎殞命時　想《おも》フ汝《なんぢ》ノ戎《たたかひ》ニ従ヒテ命ヲ殞《おと》スノ時
靖國祠中嚴祭祀　靖國祠中《しちゅう》祭祀ヲ厳《げん》ニス
忠魂萬古護皇基　忠魂万古皇基ヲ護ル

昭和天皇御製（昭和二十年）

爆撃にたふれゆく民の上をおもひいくさとめけり身はいかならむとも

今上天皇（今の上皇陛下）御製（平成七年）

國がためあまた逝きしを悼みつつ平らけき世を願ひあゆまむ

建立地　富山市磯部町一の一　富山縣護國神社境内の百年《ももとせ》の御庭
建立年月日　平成二十五年十月四日
建立竝謹書者　富山縣護國神社宮司栂野守雄
特記事項
同記念事業の記念品に添へられた「聖帝四代の御製碑謹解」（西川泰彦筆）は左の通りである。

明治天皇御製（明治三十七年）
世とともに語りつたへよ國のため命をすてし人のいさををを

この年二月、日露開戦。皇軍将兵は陸に海に死をも恐れず勇敢に戦ひ、十二月に入り、屍《かばね》の山を築き、夥《おびただ》しい血を流す攻防戦を制し二〇三高地を占領。旅順のロシア艦隊をほぼ壊滅させたのですが、これは、そんな年に詠み給ひました御製であります。
国の為に勇戦奮闘、二つ無き尊い命を国に捧げた将兵の勲功《いさをし》は、世の変遷が如何にあらうとも、未来永劫、子々孫々に語り伝へていかなければならない、との大御心と拝されるのであります。

大正天皇御製詩（大正四年）
臨靖國神社大祭有作　　靖國神社大祭ニ臨《のぞ》ミテ作有リ

武夫重義不辭危
想汝從戎殞命時
靖國祠中嚴祭祀
忠魂萬古護皇基

武夫《もののふ》義ヲ重ンジテ危《あやふ》キヲ辭《じ》セズ
想《おも》フ汝《なんぢ》ノ戎《たたかひ》ニ従ヒテ命ヲ殞《おと》スノ時
靖國祠中《しちゅう》祭祀ヲ嚴《げん》ニス
忠魂万古皇基ヲ護ル

この年四月二十九日、靖國神社に於いては国事殉難者を合祀して、臨時大祭が挙行された。天皇は靖國神社に行幸、御親拝。この御製詩はその砌詠ませ給ひしものである。

《意訳》

軍人達は「義」を重んじて、一旦緩急に当つては命の危険をも顧みることは無く、その軍人達が従軍し、命を落とした時の事が種々に想はれるのである。靖國神社にあつては厳かに祭祀が執り行はれ、忠義のみたま達は、とこしなへに皇基を護つてゐるのである。

昭和天皇御製（昭和二十年）

爆撃にたふれゆく民の上をおもひいくさとめけり身はいかならむとも

大東亜戦争終戦の頃、昭和天皇が國民の身の上を甚《いた》く軫念《しんねん》（天皇が御心配遊ばすこと）し給ひ、四首の御製を詠んでをられた事が明らかになつたのは昭和四十三年に元侍従次長木下道雄氏の著書『宮中見聞録』が世に出てからであります。それらの御製は『宮中見聞録』中に「猛鳥の襲撃に対し雛まもる親鳥の決死の姿を、涙して想ふだけである」との著者の言葉と共に記録されてゐる。御製としては異例とも申し上ぐべき破調《はてう》（三十一音に合つてゐない）に、殊に有難き大御心を拝するのみであります。

今上天皇（今の上皇陛下）御製（平成七年）

國がためあまた逝きしを悼みつつ平らけき世を願ひあゆまむ

これは平成七年、「戦後五十年遺族の上を思ひて」の詞書にて詠み給ひ、日本遺族会に御下賜遊ばされた御製であります。この時、皇后陛下も「いかばかり難《かた》かりにけむたづさへて君ら歩みし五十年《いそとせ》の道」の御歌を下されました。

平成六年、終戦五十周年の年を翌年に控へ、両陛下は硫黄島に、そして五十周年の年七年には長崎、広島、沖縄、東京と戦災激甚の地を巡拝の為に行幸啓あらせられたのであります。

第七章　民草の詠進詩歌集

富山県民のまごころの結晶、御製碑・御製詩碑は御紹介した如くである。我が日本は君民一体の美しい国柄を誇る「天皇陛下のしろしめし給ふ国」であり、各御代の各地の国民は行幸・行啓・行幸啓を仰ぎ、その御代御代に、赤誠溢るる詩歌集を編纂申し上げてきた事も少なしとしない。正に「尊皇の紙碑」とでも称すべき貴重なる詩歌集である。そこで、特に本県に関る「尊皇の紙碑」を永く伝へたく願ひ、その概要を記しておくものである。

明治の御代

『御巡幸奉迎詠進集　千草の花』

明治天皇は「地理・形勢・人民・風土を視察し、萬世不抜の（永久に揺らぐことの無い）制を建てらるべき」との陸軍省の建議を了とし給ひ、明治五年から十八年にかけて六回に亙り全国を御巡幸し給うたのであるが、その三回目が明治十一年の北陸道・東海道の御巡幸であつた。

『明治天皇紀』に依れば、天皇は二回目以降には、屢々侍臣に和歌や漢詩を詠む事を命じてをられる。そして、巡幸先の国民が和歌、俳句、賀詞等にて奉迎の赤誠を表し奉つた事が記録されてゐる。その初発は二回目の東奥（東北）御巡幸の砌であり、『明治天皇紀』には明治九年六月十一日宇都宮発御の際、幼児を背負つた農民が、路傍に坐して歌を上《たてまつら》んとし、侍臣がこれを受取り、行在所にてこれを天覧に供し奉つたとあり、その歌「ありかたきみゆきをろかみ立帰り稲を作りて御世につかへむ」と、その農民の住所、氏名も記録されてゐる。『明治天皇紀』には続けて「今次巡幸に際し、沿道人民の詩歌を上《たてまつ》る者頗る多く、或は行在所、御小休所等の長押・御卓上等に密かに之れを置きて、天覧に入らんことを希ひ、或は侍臣等の目に触れるべき所に故《ことさ》らに遺棄して拾収せられんことを欲する者あり、是れ農民等、その身の卑賤なるを思ひ、公然地方長官を経て上るともその受理せられざるべきを憂ひてなり、是れ等詠進の詩歌は、巡幸中御歌掛を命ぜられし侍従番長高崎正風悉く之れを整理して、御晩餐の際叡覧に供するを例とす」とあり、高崎正風はこれ等の詠草を後日整理編輯して『埋《うもれ》木《ぎ》の花』と題した由が記録されてゐる。

そして、その三回目北陸道・東海道の御巡幸の折の献詠集が『千草の花』全六巻であり、その第五巻に石川県（当時の行政区画上、今の富山県を含む）、滋賀県、京都府等の献詠が収録されてゐるのである。現在の行政区画上の富山県民は七十余名、その中、二十七名が俳句、他は和歌（長歌一首を含む）であつた（註・『明治天皇紀』の第四、五、六回の巡幸記録の供奉員の中に高崎正風の名は見えず、献詠集に類する書の編纂の記録は無い）。

『御巡幸・行啓　奉迎詠進集』

明治四十二年に至り、富山県知事官房により、十一年の御巡幸、四十二年の東宮殿下（大正天皇）行啓を記念して『御巡幸・行啓　奉迎詠進集』が刊行された。以下にその詠進集中の東宮（後の大正天皇）に関する事について記さう。

明治四十二年九月十五日から十月六日にかけて、時の東宮殿下は岐阜、福井、石川、富山の四県を巡啓し給うたのであるが『明治天皇紀・第十二』並に当時富山県当局が編纂した『御巡幸・行啓　奉迎詠進集』に依りその巡啓先を記すと、九月十五日岐阜県、御滞留三日。十八日、福井県、御滞留五日。二十三日、石川県、御滞留七日。九月二十九日、富山県に御着。富山県の巡啓先の詳細は左の通りである。

九月二十九日、金沢より富山県伏木へ、築港状況を台覧。伏木公会堂にて御昼餐。福野農学校。富山県会議事堂に御駐泊（四泊）。

三十日、富山県庁。県立富山高等女学校。神通川にて鮎猟《ママ》を台覧。歩兵第六十九聯隊（御昼餐）。師範学校。富山県物産陳列所。

十月一日、県立富山中学校。市立富山商業学校。廣貫堂。織物模範工場。魚津海岸（御昼餐）。明治十一年明治天皇巡幸の際の魚津行在所。県立魚津中学校。呉羽山。

十月二日、県立高岡中学校。県立工芸学校。高岡公園。高岡物産陳列所（御昼餐）。市立高岡商業学校。県立高岡高等女学校。瑞龍寺。富山県美術品展覧所。

十月三日、富山御発、静岡・沼津を経て六日に東京還啓。

この行啓に際して富山県に於ては行啓奉迎の句集「千町田乃阿幾」（民間有志による）と詩歌集「御巡幸・行啓　奉迎詠進集」（県知事官房による）が編纂され、石川県に於ては、富山県人をも含む行啓奉迎の歌集「美寶幾久佐《みほぎぐさ》」が編纂されてをりそれらは以下の如くである。

『千町田乃阿幾』（千町田の秋）

これは行啓奉迎の俳句集であり、和綴二十三丁となつてゐる。奥書は無いが当時の富山の大地主内山松世の筆により漢文にて「小引」（小序）が記されてゐる。それに依れば内山の下に集ふ俳句仲間が行啓を迎へ奉るに当り、それに先立つ「明治己酉《きいう》（註・四十二年）八月」に俳句を以て「千載ノ感ヲ誌シ、献芹《けんきん》（註・芹のやうな、つまらぬ野菜を献《たてまつ》る——自己の献納物を謙遜する辞）ノ誠ヲ致シ」て「昭代ニ鼓腹シ、太平ヲ謳歌」してゐる事を形に表はさうとしたものである。その俳人達の需めに応じて内山松世が小引を書いたもので、内山自身の句はこの奉迎句集には入つてゐない（ただし、後述の奉迎詠進集の漢詩の部には内山の奉迎漢詩が見える）。

この句集の本文（句や作者の号）は草仮名であり、全編の冒頭に「東宮殿下の行啓を迎ひ《ママ》奉りて」と書かれ、次いで七十一名の句と号が記されてゐる。その後に頁を改めて楷書体の活字にて詠進者の住所、氏名、号、士族、平民の別が明記され、住所を見ると富山市内のみならず殆ど全県下に亙つてゐる。

『美寶幾久佐』（みほぎ草）

奥書に依ればこれは当時の石川県知事村上義雄の編輯になる東宮殿下行啓奉迎歌集であり発行は明治四十二年十一月二十八日である。村上知事筆の序文の一節に（註・編著者が草仮名を平仮名に、また適宜漢字に直した）「およその国人ら又えにしあるともからのよろこひあひて時にかなへる題をまうけつつ云々」とある通り、

一、詠進歌は詠進者中で官位が最上位である鍋島直大侯爵の作が冒頭を飾つてゐるが鍋島侯爵は行啓地の出身ではない。併しその長女朗子が加賀金沢藩主前田利嗣侯の夫人となつてゐるといふ縁からであらう。又、台湾在住者からの詠進もある。これは何れかの行啓地の出身者か縁故者であらう。

二、詠進者総数百九十八名。地域別内訳は

石川	百三十一名
富山	五十六名（三重県在住の富山県出身者一名を含む）

この中七名の富山県人は後述の「明治四十二年　皇太子殿下行啓」にも詠進してゐる。

東京	七名
福井	四名
台湾	一名

なほ、石川、東京、福井、台湾の在住者はさて措くとして、後記の如く富山県に於ても殆ど同時に、同様の趣旨の奉迎の詩歌集が作られてゐるのに、何故富山県人がここに出詠してゐるのか、理由は定かではない。

三、序文に「時にかなへる題」とある如く「月明」「寄菊祝」の二つに分けられ、各人がそれぞれの題下に一首宛、計二首詠進してゐる。但し一名の女性のみ題とは関係なく「謹奉迎　東宮殿下行啓作歌幷短歌」なる長歌と反歌（短歌）一首を詠進してゐる。

『御巡幸・行啓　奉迎詠進集』

これは明治四十二年十二月二十五日附にて富山県知事官房が発行したもので、編輯者の個人名は無い。県知事官房名義の「緒言」に依ればその一節に「十一年　天皇陛下御巡幸ト、本年ノ　皇太子殿下行啓トハ、本県近時ノ二大盛事タリ、当時県民至情ノ溢ルル所、和歌漢詩等ヲ詠進シ、畏クモ　天覧及ヒ台覧ノ栄ヲ賜ハリタルモノ尠カラス、今之ヲ蒐集シテ世ニ頒布スルモノハ、亦斯ニ盛事ヲ後代ニ貽《のこ》サントスル意ニ外ナラサルナリ」とある。

右の「緒言」の如く「明治十一年　天皇陛下御巡幸」と「明治四十二年　皇太子殿下行啓」の二章に分けられ、「御巡幸」の章は、その末尾近くに附された備考に依れば、明治十一年天皇陛下御巡幸の際の「千草廼《の》花・巻五」の抄録であり、「行啓」の章は新たに編纂されたものの由である。

「御巡幸」の章には「千草廼花・巻五」より抄録の富山県民の和歌四十八首、俳句百句、祝辞一章が載つてゐる。「千草廼花・巻五」には既述のやうに当時の北陸東海一府四県より詠進された詩歌が載録されてをり、その中の現在の行政区画上の富山県民の詠進者数は七十余名で、俳句が二十七名、他は和歌（含長歌二首）である。

「行啓」の章には各郡市別の詠進数も載るがそれは割愛して、種別を見ると、和歌九十七名九十九首、漢詩四十八名五十一首、俳句百三十句（一人一句）である。なほ、和歌の中には二首の長歌がありそれぞれに短歌一首が附されてゐる。和歌の部のをはりに二章の「県内学校生徒奉迎歌」が収録されてゐる。作者名は記されてゐないがその歌は次の通りである。草仮名は平仮名に直した。

朝日か丶やく日の宮の　御かけ仰くも畏しや
高きみいつは立山の　くもにそひゆる雲の峰
夕日てりそふ日の宮の　御影をろかむ嬉しさよ
広きめくみは有磯海の　波路はてなき海の原

詠進集の掲載順は和歌、奉迎歌、漢詩、俳句の順で、その次に県会議長「臣森丘覺平」の九月三十日附の「頌徳表」が載り、最後に「行啓日程」が記録されてゐる。

この行啓奉迎の詠進集で特に注目すべきは、他の詠進集には見られない漢詩の詠進である。その間の事情を熟々考ふるに、既述の如く今の世には余り知られてゐないが、大正天皇は、天皇としては御歴代随一の漢詩人にてあらせられたのである。かやうに漢詩に御堪能な東宮（大正天皇）であらせられたので奉迎詠進集にも漢詩が多く寄せられたのであらう。

昭和の御代

『立山集』

昭和天皇は大正十三年、摂政宮として、陸軍大演習統監の為の行啓を始めとして、御即位後の行幸、行幸啓合せて四回富山県に玉歩を運ばせ給うた。その四回目、第二十回全国植樹祭への行幸啓を仰いで、編纂、奉呈された献詠集が『立山集』である。これは時の富山県神社庁長、日吉社（砺波市杉木鎮座）・射水神社宮司林耕之大人の赤誠の現れであり、百七十名、百七十首の献詠（短歌）が収録されてゐる。その「はしがき」（といふ題は付されてはゐないが）には次のやうに書かれてゐる（句読点は無い）。

昭和四十四年五月二十六日第二十回全国植樹祭天皇皇后両陛下の行幸啓を仰いで砺波

市頼成山で行われるに当り県下全域からの民情を「立山」の題で詠進短歌総数一七〇首の記念出版であります

「県下全域」とあるが、富山県出身者と思はれる県外在住者三名の献詠も載せられてゐる。発行は「昭和四十四年五月」とあるだけで、日は書かれてゐない。

平成の御代

『森のかがやき』・『越の木かげに』

両書共に平成二十九年五月二十八日富山県魚津市の桃山運動公園に於て開催された第六十八回全国植樹祭に臨御の為、今の上皇上皇后両陛下が行幸啓遊ばされた事を記念して編纂、奉呈された献詠集である。

『森のかがやき』は主として富山縣護國神社の崇敬者より寄せられた献詠であり、和歌（短歌）四十三名百二十首、俳句一名五首が収載され、平成二十九年十月五日同神社より発行された。栂野守雄宮司の「序」を抄録しておかう。

今般、ささやかではありますが、神通歌會（註・同神社職員竝に崇敬者による和歌の勉強会）に集ふ赤子相語り、又会員以外の有志、有縁の方々にも呼掛け、御手植ゑ遊ばされた品種「立山森のかがやき」に因み、其の題を『森のかがやき』と名附け、「第六十八回全国植樹祭行幸啓記念」として献詠集を謹んで編纂申し上げ、以て宏大無辺の皇恩に、せめて万分の一の報謝のまごころを捧げ奉り、我等民草の感激を万代に伝へんとするものであります。

『越の木かげに』は平成二十九年十二月二十三日富山県神社庁より発行。県下の神職、氏子より寄せられた献詠集であり、百六十名（一人一首）が収載されてゐる。松本正昭富山県神社庁長の序文「はじめに」を抄録しておかう。

昭和天皇には、今から七十年前の昭和二十二年十一月、北陸御巡幸のみぎり、荒廃した国土山河の緑化のためにとの大御心のままに、婦負郡細入村（現富山市西笹津）の高山本線そばの山裾に三本の「タテヤマスギ」をお手植ゑになりました。このお手植行事が今日の「全国植樹祭」のさきがけと云はれてをり、地元細入の人々や富山県民の誇りとするところであります。

今回の植樹祭に際しまして、富山県神社庁は細入村の三本のお手植杉周辺を調査してをりましたところ、偶然「さざれ石」を発見しました。まるでお手植杉を守るやうな大小の群石でした。我々がお手植杉周辺の整備に取掛かるずつと以前より、地元の「お手植杉を守る会」の人々が地道に周辺の整備保護活動に当つてこられました事に深甚の敬意を表するものであります。

参考文献（順不同）

複数の章に亙り参考とした文献

明治天皇紀（宮内庁編修）　吉川弘文館発行（昭和四十三年～同五十年）
昭和天皇実録（宮内庁編修）　東京書籍発行（平成二十七年～同三十年）
御巡幸　行啓　奉迎詠進歌集　明治四十二年・富山県刊
富山縣における聖帝四代の御製を拜す（西川泰彦編著）　平成二十四年・富山縣護國神社刊
歴代天皇の御歌（小田村寅二郎・小柳陽太郎共編）　昭和四十八年・日本教文社刊
増補　皇室事典（井原頼明著）　昭和五十七年・富山房刊
皇室事典　平成二十一年・角川学芸出版刊
一般敬語と皇室敬語がわかる本（中澤伸弘著）　平成二十八年・錦正社刊

第一章　今上天皇御製碑

天皇陛下御即位奉祝富山県民大会（令和元年十一月十八日）の栞　同大会実行委員会
相倉合掌造り集落（パンフレット）（公財）世界遺産相倉合掌造り集落保存財団

第二章　明治天皇御製碑

類纂　新輯明治天皇御集　平成二年・明治神宮編
列聖全集覆刻版・皇室文學大系　昭和五十四年・名著普及会刊
富山県史・通史編Ⅵ・近代下　昭和五十九年・富山県刊
富山聯隊史　昭和六十一年・富山聯隊史刊行会刊
富山の文学碑（森清松著）平成二年・北國新聞社刊
富山市の文学碑と拓本（富山いしぶみ研究会編）平成七年・桂書房刊
八尾史談　大正十六《ママ》年・松本駒次郎編
続八尾町史　昭和四十八年・八尾町教育委員会編
拓本で訪ねた八尾の文学碑　八尾町教育委員会刊
富山市消防史　平成二年・富山市消防史編纂委員会編
明治天皇御製謹解（渡邊新三郎撰）大正元年・實業之日本社刊
明治天皇御集稿本（未公刊）宮内庁書陵部宮内公文書館蔵

第三章　大正天皇御製詩碑

大正天皇実録・補訂版（宮内省図書寮編修・岩壁義光補訂）平成二十八、九年・ゆまに書房刊
天地十分春風吹き満つ―大正天皇御製詩拝讀―（西川泰彦著）平成十八年・錦正社刊
貞明皇后その御歌と御詩の世界―『貞明皇后御集』拝読―（西川泰彦著）平成十九年・錦

正社刊
大正天皇御集　昭和二十三年・大正天皇御集刊行会刊
越中の文学と風土（廣瀬誠著）　平成十年・桂書房刊
大正天皇御集　おほみやびうた　昭和十四年・邑心文庫刊
大正天皇御製詩碑御修復誌　平成十四年・富山県御製碑建立委員会編

第四章　昭和天皇御製碑
天皇皇后両陛下御歌集　あけほの集（木俣修編）　昭和四十九年・読売新聞社刊
富山縣の今上陛下御製碑（昭和天皇御在位六十年奉祝出版・西川泰彦編）　昭和六十一年・日本を守る富山県民会議刊
昭和天皇の御巡幸（鈴木正男著）　平成四年・展転社刊
富山県史・史料編Ⅶ・近代下　昭和五十八年・富山県刊
細入村史（上）　平成元年・細入村刊
なほ「昭和天皇の章」「上皇陛下の章」では当時の北日本新聞の記事も参考とした。

第五章　上皇陛下御製碑
皇太子同妃両殿下御歌集　ともしび　昭和六十一年・宮内庁東宮職編
御製碑建立除幕式の栞　平成十四年・富山県御製碑建立委員会編

第六章　聖帝四代御製碑

聖帝四代の御製碑謹解　平成二十五年・西川泰彦筆

第七章　民草の詠進詩歌集

千町田乃阿幾　明治四十二年・内山松世編
美寶幾久佐　明治四十二年・村上義雄編
立山集　昭和四十四年・林　耕之編
森のかがやき　平成二十九年・富山縣護國神社編
越の木かげに　平成二十九年・富山県神社庁編

をはりに

まづ本書編纂の為に御製碑、御製詩碑を拝見して感じた点の若干を記しておかう。本書は擡頭、平出、闕字の礼を略してをり余り大きな事は言へないが、敢て記しておく次第である。

本書にて取上げた「碑」に書かれてゐるのは御製或は御製詩である。それにはそれなりの礼儀がある。仮名遣や漢字の誤りは論外として、「揮毫」「書」は如何なものか。「揮毫」「書」は単に「毛筆を揮《ふる》ふ」「書く」といふ意味の汎用語である、そこには敬意が無い。まさか年賀状に「賀新年」と書く人はゐないであらうし、「謹揮毫」では語呂が悪く、御製或は御歌には「謹書」とするのが宜しいのではなからうか。因みに、二十頁に見える若埜神社の祭礼用大幟には「若埜神社」の下に書いた人の名前（号か？）があり、続いて「謹拝書」とある。能筆を以て世に聞こえる人或はそれなりの肩書を持つ人は「文字は書くとも恥をなかきそ」を肝に銘ずべきにあらずや。

「敬語は身分の上下を表すものではなく、自分の教養や常識・心得を表すものです」（『一般敬語と皇室敬語がわかる本』中澤伸弘著より）正に至言と言ふべし。

記念碑であれ顕彰碑であれ頌徳碑であれ、それはその個人や団体の功績や公益事業に敬意を表し、永く後世に伝へる為の「碑」である。従つてその具体化の表れとして、土を盛り、石等にて壇を築き、地面より高くして碑石を据ゑ、周囲に植栽を施す等して美観保持を図るのが普通である。そして美観に加へて御製碑、御製詩碑には尊厳性も必須ではなからうか。ごく少数ながらその点に欠けるのではと思はれる御製碑の見られるのは遺憾である。

巻頭に既述の如く本書にて御紹介した、即ち編著者西川が知り得た富山県内に建立されてゐる御製碑、御製詩碑は合せて三十一基である。

富山県内に建立されてゐる御製碑、御製詩碑を洩れなく網羅せんとこころざしたるものの、遺漏があるにあらずやと恐れてゐる。現に射水市（新湊）練合鎮座神明宮境内の上皇陛下御製碑は、小生が郷土の蕉翁の跡を辿らんと有磯海の汀に杖を引いてゐた折に、鳥居を目にして、参拝に立ち寄つた際に見付けたものである。個人の情報力だけで全てを把握するのは正に至難。本書を目にされた方で、お気付きの御製碑が有りましたならば、是非御教示頂ければ幸甚であります。

かへりみれば、私は平成二十五年五月に富山県内の御製碑調査を開始し翌年七月には終了してゐた。素より当初は上梓などは念頭に無かつたのであるが、思ひもよらぬ御代替りの重大事に際会し、はじめて勃勃と〝出版〟への意欲が湧いてきたのである。

爾来、令和二年の春頃より、平成の御代には「皇太子殿下御歌碑」であつた、今上陛下の御製碑を加へる抔以前の原稿に大幅な推敲添削改訂を重ねた。自己の蔵書や手持の資料以外では県内の消防関係図書や、富山や八尾の文学碑関係図書の閲覧は疾く終へ、後は富山県史の閲覧を残すのみとなつた時点で襲来したのが支那を元凶とする疫病コロナなる災厄であつた。県立図書館も閉鎖され一時は如何相成るやと案じたが、幸ひなことに舎弟の岳父が個人で富山県史全巻を所蔵してゐる事を知り、これを借覧し得てやうやく脱稿に漕着けた次第である。

御製碑の写真に関しては、雄山三ノ越の写真は嘗て昭和六十一年に『富山縣の今上陛下御製碑』を出版した際に当時の富山県立図書館の廣瀬誠館長より御贈り頂いたものである。コロナ猖獗に依る自粛・閉鎖の為已む無く、ＹＫＫ構内の御製碑は平成二十五年調査時の写真を、県庁屋上庭園の御製碑は同二十七年造成開園、御製碑建立直後の頃筆者躬ら撮影した写真を用ゐた。他の御製碑・御製詩碑の写真は本書の為に令和二年四月から五月にかけて畏友某大兄（御本人の要望に依り名を伏す）に撮影の労をとつて頂き本当に助かりただただ感謝あるのみ。

コロナ猖獗といふ思はざる社会情勢の為上京しての打合せも叶はず、展転社荒岩宏奨社長には電信や郵便の遣り取りのみといふ困難を克服して立派に仕上げて頂き、其の見識、手腕に満腔の敬意を表するものである。

個々の御名前は挙げないが、他にも有縁の方々の御協力を忝くした。お蔭様にて御大典の中の「即位礼正殿の儀」（令和元年十月二十二日）「大嘗祭」（同十一月十四・十五日）から一周年の日を前に上梓し得た。自己満足と笑はれるであらうが、恋闕の思ひの一端を形と成して、人生の一里塚の幾つ目かを又やうやく越えたの感が頻りである。

此処に各位にあらためて衷心より御礼申し上げる次第、ありがたうございました。
前著『富山縣の今上陛下御製碑（昭和天皇御在位六十年奉祝出版）』以来三十五年、命永らへて本書を世に出だすを得、感慨洵に浅からぬものを覚える。そして同時に、呉下の阿蒙の嘲笑を受けざるべく励みたる心算なれど、果して如何と戦々かつ兢々たるものがある。

令和二年水無月大祓を前に　謹みて編纂を終ふ
西川　泰彦

西川泰彦（にしかは　やすひこ）

昭和19年12月20日樺太大泊に生る。同20年8月14日母に背負はれ引揚。両親の出身地富山県に帰る。9月17日父も樺太より復員。昭和38年國學院大學文学部文学科入学、漢文を専攻、藤野岩友教授の指導を受く。大学を中退、影山正治先生の門下生となる。その間に國學院大學の神道講習を受講、神職資格を取得。帰省後昭和46年高岡市古城鎮座の射水神社権禰宜を拝命。平成10年思ふ処あり、拙を守り園田に帰るべく同神社を退職、浪人となり現在に至る。

太刀ケ嶺歌會主宰。劔乃會代表幹事。

主たる編著書　「歌集北天抄（尾田博清シベリア幽囚詠草）」（昭和56年）。「富山縣の今上陛下御製碑（昭和天皇御在位六十年奉祝出版）」（昭和61年）。「自選歌集破れ太鼓」（平成2年）。「富山県立近代美術館、同県立図書館の不敬行為について一第三巻」（平成4年）。「櫻之舎川田貞一歌集」（平成11年）。「遺芳録—富山縣護國神社創建九十周年記念」（平成13年）。「天地十分春風吹き満つ—大正天皇御製詩拝読」（平成18年）。「貞明皇后　その御歌と御詩の世界—『貞明皇后御集』拝読」（平成19年）。「富山縣における聖帝四代の御製を拝す—富山縣護國神社御創立百周年記念」（平成24年）。

富山県のおほみうたのいしぶみ

令和二年九月十七日　第一刷発行

編　著　西川　泰彦
発行人　荒岩　宏奨
発　行　展　転　社

〒101-0051 東京都千代田区神田神保町2-46-402
TEL　〇三（五三一四）九四七〇
FAX　〇三（五三一四）九四八〇
振替〇〇一四〇—六—七九九九二

印刷　中央精版印刷

定価［本体＋税］はカバーに表示してあります。

ISBN978-4-88656-512-9